LE

CHOLÉRA

EN 1854

DANS L'ARRONDISSEMENT

DE COMMERCY

PAR Ad. COLSON.

COMMERCY

IMPRIMERIE DE CH. CABASSE.

1855

En ma qualité de médecin des épidémies, j'ai été chargé par l'administration de rédiger un rapport sur la marche du choléra dans notre arrondissement en 1854. Pour faire un travail consciencieux, j'ai dû consulter mes Confrères. MM. Dechilly, Verdet, Guyot, Grandjean, Manson, Charrois, Bryon, Adam, Mariotte, Remy, Dupont, Lagrange, Erard et Larzillière ont répondu à mon appel avec un empressement affectueux dont je suis aussi heureux que reconnaissant. En lisant leurs observations, en feuilletant les pièces administratives qui ont été mises à ma disposition, et en mettant ces faits à côté des phénomènes météorologiques qui ont eu lieu pendant l'épidémie, j'ai cru faire quelques remarques curieuses. Je les extrais de mon rapport pour les communiquer à quelques personnes de l'arrondissement. Je n'attache d'ailleurs à cet opuscule aucune importance ni comme œuvre scientifique, ni comme œuvre littéraire. Médecin de campagne, mon ambition se borne et ma vie se passera à voir des malades.

TOPOGRAPHIE.

Le 2e arrondissement de la Meuse est situé au sud-est du département, entre les arrondissements de Verdun et de Bar, et les départements des Vosges et de la Meurthe. Il est le plus élevé des quatre arrondissements de la Meuse, ce qui résulte de la disposition en gradins qu'affecte cette série de plateaux qui s'étendent du nord au sud-est sur la plus grande longueur du département; il en est aussi le plus étendu et le plus populeux; il contient 87,664 habitants. Sur une surface de 199,164 hectares, il a 14,695 hectares de prairies, 56,550 hectares de bois, 2,937 hectares de vignes. Ces dernières occupent généralement les côtes de la Woëvre qui regardent le midi; tandis que les bois sont habituellement situés sur les versants de ces côtes qui sont exposés au nord, et sur les chaînes de collines qui sont à l'ouest de l'arrondissement.

TERRAINS.

L'arrondissement ne contient que les étages supérieur et moyen et une partie de l'étage inférieur des terrains jurassiques recouverts çà et là par des terrains d'alluvions de différentes natures. Ces terrains affectent une disposition assez régulière en couches un peu inclinées vers l'ouest ; mais comme la pente n'est pas la même pour toutes les assises, les subdivisions de chaque étage ont la forme de coins couchés les uns sur les autres, de manière à présenter leur portion la plus rétrécie à la surface du sol où elles apparaissent sous forme de grandes bandes dirigées d'abord du sud au nord, ensuite un peu courbées vers l'ouest, depuis une ligne oriento-occidentale qui unirait Vaucouleurs à Tréveray. Ces diverses bandes de terrains sont imbriquées l'une sur l'autre, de telle façon qu'à partir de l'ouest vers l'est, le bord oriental de la première recouvre le bord occidental de la deuxième. La face supérieure de celle-ci affecte une pente douce pour venir s'enfoncer sous la précédente qui offre au contraire, à ce point de jonction, une tranche escarpée. Elles sont au nombre de sept, savoir : dans l'étage supérieur ;

1° La première bande, formée par un calcaire marneux, grisâtre, d'une texture plus ou moins dure et compacte, sort de l'arrondissement de Bar, où elle occupe une assez grande surface ; elle pénètre dans le nôtre pour y finir sur la deuxième avec laquelle elle est assez intimement liée, et disparaît au niveau d'une ligne qui se dirige du sud au nord, depuis Horville jusqu'à Delouze, Rosières, Mauvages et Ménil-la-Horgne; là elle tourne à l'ouest pour passer à St.-Aubin et Nançois ; de là elle prend une direction nord-nord-ouest par Belrain. Cette première bande a isolément peu de développement dans notre arrondissement; elle en a moins que peut le faire penser la circonscription que je viens de lui tracer; car cette ligne de terminaison, loin d'être aussi nette et aussi droite que je viens de le dire, est au contraire entrecoupée par de nombreuses hachures qu'y produit la 2e bande. Au point de vue cholérique, elle a moins d'importance encore; Tréveray et St.-Joire sont les deux seuls villages qui, sur ce terrain, ont été envahis par l'épidémie dans notre arrondissement.

2° La 2e bande est constituée par la marne à gryphées virgules, argile dite de Kimmeridge, qui est une marne grise ou bleue, renfermant de petites coquilles et alternant avec des bancs de calcaires blancs. Elle a une largeur de deux à quatre kilomètres, et se dirige du sud-ouest au nord-est, depuis Chassey jusqu'à Rosières; du sud au nord depuis ce dernier point jusqu'à Ménil-la-Horgne, où elle tourne à l'ouest pour prendre une direction nord-nord-ouest après 8 kilomètres de trajet. C'est sur ce terrain que se trouvent Chassey, Luméville qui a perdu le 8e de sa population, Tourailles, Bonnet qui perd le 12e, Abainville le 16e, Badonvilliers le 13e, Houdelaincourt, Baudignécourt, Delouze, Demange-aux-Eaux, Mauvages, Rosières-en-Blois, Villeroy, Bovée, les deux Méligny, Oëy, Saulx, Vaux-la-Grande, St.-Aubin, Villeroncourt, Courouvre. Sur ce terrain, la mortalité a donné une proportion plus forte que celle de 1 sur 2 malades.

3° La 3e bande est formée par les marnes et calcaires qui contiennent des coquilles à astartes et qui forment des assises argileuses ou marneuses alternant avec des bancs calcaires oolithiques ou des lumachelles sur lesquels sont déposés des calcaires gris et blancs de texture différente. Elle est large de dix à douze kilomètres, et séparée de la précédente par une ligne qui, partie de Chassey, se dirige au nord-est, puis au nord-ouest jusqu'à Ménil-la-Horgne, et enfin à l'ouest en passant par Domremy, Villotte et Courouvre. Elle s'arrête à l'ouest de Vaudeville, des Vouthon, de Maxey, de Burey, de Vaucouleurs, de Void, de Chonville, de Giroué, de Sampigny, des Kœurs, de Dompcevrin et de Woimbey, où commence la 4e bande. Là se trouvent un certain nombre de villages décimés par le choléra : Cousances-aux Bois, qui perd le 8e de sa population, Vouthon-Haut le 9e, Vouthon-Bas le 10e, Amanty le 6e, Sauvoy le 11e, Dainville-aux-Forges, Gondrecourt, Epiez, Montigny, Ernecourt, Gimécourt, Villotte, Rupt-devant-St.-Mihiel, Lahaymeix. La mortalité a été, sur cette bande, de 2 et une fraction sur 3 malades.

L'étage moyen des terrains jurassiques est complet dans l'arrondissement, il y acquiert une grande puissance ; il renferme :

1° La 4e bande, formée par un calcaire blanc, jaunâtre ou gris, qui contient des débris d'animaux de la famille des crinoïdes et dans lequel s'ouvre la vallée de la Meuse. Les calcaires à astartes et les argiles dont ils sont accompagnés, la recouvrent sur la rive gauche, et à certains lieux sur la rive droite. Elle est divisée en deux parties inégales, par une bande très-étroite de terrains d'alluvions qui va du sud au nord, à partir du nord de Montbras en passant par Vaucouleurs, Commercy, St.-Mihiel, Maizey et Rouvrois. A l'est, cette 4e bande repose sur l'oolithe ferrugineuse et sur l'argile oxfordienne. Sur elle sont placés Goussaincourt qui perd le 6e de sa population, Sorcy le 9e, Maxey le 10e, Issey le 10e, les Roises le 9e, Burey-en-Vaux, Sauvigny, Sepvigny, Montbras, Neuville-les-Vaucouleurs, les Rigny, St.-Germain, Ugny, Vaucouleurs, Châlaines, Ourches, Pagny, Troussey, Void, Laneuville, Commercy, Vignot, Lérouville, Grimaucourt, Vadonville, Mécrin, Kœur, Brasseitte, St.-Mihiel, Chauvoncourt, Lacroix, les Paroches, Bannoncourt, Woimbey, Dompierre, Seuzey, Vaux-les-Palameix, Hattonchâtel.

La mortalité a dépassé 2 sur 3 malades. Le choléra

s'est étendu sur un grand nombre de localités, mais dans beaucoup de communes il n'a atteint qu'un petit nombre d'habitants.

2° La 5e bande, constituée par l'oolithe ferrugineuse, que forment des marnes et des calcaires qui contiennent des grains de fer de forme oolithique. Elle est très-étroite et se tient généralement à mi-côte sur le versant des côtes de la Woëvre.

3° La 6e, formée par une marne que l'on désigne sous le nom d'argile d'Oxford. Elle est entièrement argileuse dans ses deux tiers inférieurs et mêlée de lits calcaires et siliceux dans son tiers supérieur. Elle a 7 à 15 kilomètres de largeur depuis Corniéville jusqu'à Hattonchâtel d'où elle se dirige au nord-ouest. Elle forme un massif argileux très-épais. Sur elle s'élèvent les villages envahis, Corniéville, Jouy, Gironville, Buxières, Heudicourt, Creuë, Hattonville, qui perd le 17e de sa population, Viéville le 7e, Jonville, St.-Maurice. La mortalité a été là de 2 sur 3.

La 7e bande est formée par l'oolithe inférieure, grande oolithe, terre à foulon, argile de Bradford, qui est composée de calcaires oolithiques et polypiers et de calcaires marneux alternant irrégulièrement avec des marnes plus ou moins argileuses : seule de toutes les subdivisions de l'étage inférieur, elle se trouve dans l'arrondissement. Elle s'étend du sud au nord, depuis Raulecourt jusqu'à Bouconville ; du sud au nord-est depuis ce dernier point jusqu'à Béney, et passe par Broussey, Raulecourt, Xivray, Richecourt, Lahayville, et à l'est de Lachaussée. Elle pénètre de là dans le département de la Meurthe.

Marvoisin, écart de Xivray, est le seul point où se développe le choléra sur ce terrain. 9 malades, 8 décès.

MONTAGNES.

Le bassin de la Meuse traverse l'arrondissement dans toute sa longueur ; il est placé entre deux chaînes de collines, qui font partie de cette série de chaînes de montagnes concentriques et parallèles les unes aux autres, dont Paris est entouré. L'une de ces deux chaînes, dite les côtes de la Woëvre, de la Moselle, ou simplement les côtes, est à l'est; l'autre est à l'ouest et contient les bassins de l'Aisne et de la Marne.

A quelque distance des côtes, la pente s'affaiblit à la rencontre des terres argileuses de la plaine de la Woëvre, dont la direction, de même que celle des côtes qui la bordent, est d'abord du sud au nord depuis Corniéville jusqu'à la pointe d'Hattonchâtel, puis au nord-ouest et dont le niveau se maintient à 250 mètres, tandis que celui des côtes s'élève à 400 mètres : le signal d'Hattonchâtel est à 412 mètres d'altitude. La plaine de la Woëvre est fertile, mais compacte et d'une culture difficile; elle ne reçoit d'autres semences en céréales, que celles de l'avoine et du blé. Dans cette portion de l'arrondissement, la mortalité cholérique a été de 2 sur 3.

La vallée de la Meuse se dirige du sud-est au nord-ouest, présentant de nombreuses sinuosités et des largeurs différentes dues à l'éloignement ou au rapprochement des collines qui la bordent : elle communique avec la Woëvre par les cols de Creuë, Marbotte, Boncourt, Jouy et Pagny. Elle a un niveau un peu inférieur à celui de la Woëvre ; le sol en est léger, pierreux, facile à cultiver et propre aux diverses céréales ; il est couvert en partie par ces riches et belles prairies qui s'étendent sur les deux rives du fleuve et produisent un foin supérieur à tout autre en qualité. Les points les plus élevés de l'arrondissement et conséquemment du département, sont situés sur la rive gauche de la Meuse, où le sol se relève assez brusquement. 423 mètres au sud d'Amanty, 420 à l'ouest de Vouthon-Bas, 416 à l'ouest de Vaudeville, et 448 au moulin de Chernizey (Vosges) à 300 mètres du territoire de cette dernière commune. C'est précisément ce point le plus élevé de l'arrondissement que le choléra a choisi pour y sévir avec le plus de vigueur. C'est autour de ce plateau que se trouvent Amanty, les Vouthon, Vaudeville, Goussaincourt, Dainville, Bonnet, Abainville, Luméville, les Roises, Maxey, etc. Là le foyer s'est allumé pour s'épandre ensuite dans le canton de Gondrecourt, où il a exercé de si grands ravages, et dans celui de Vaucouleurs.

A part ces élevations, le plateau de la rive gauche est moins élevé que celui de la rive droite: il est sillonné par un grand nombre de vallées ouvertes aux affluents de la Meuse, par celle de l'Aire et par la partie supérieure de la vallée de l'Ornain, jusqu'à Houdelaincourt.

A l'ouest du plateau de la rive gauche de la Meuse, une chaîne de montagnes entre dans l'arrondissement à Mandre, se dirige au nord-ouest, en laissant quelques buttes détachées à l'est, jusqu'à Rosières-en-Blois d'où elle marche vers le nord jusqu'à Ménil-la-Horgne où elle s'élève à 414 mètres, point le plus haut qu'elle atteigne dans le département; elle ne domine d'ailleurs la plaine que de 60 à 70^{m}. De Ménil-la-Horgne elle tourne à angle droit jusqu'à Willeroncourt, puis elle court au nord-ouest. Les terres de cette chaîne, plus élevées que celles de la vallée de la Meuse, sont légères, pierreuses. L'orge, le blé et l'avoine y sont cultivés avec succès: les grains contiennent plus de fécule que ceux de la Woëvre. Sur ces collines le choléra a attaqué peu de villages et peu de monde dans les localités atteintes; mais la mortalité proportionnelle a été élevée.

EAUX.

Les eaux de l'arrondissement s'écoulent à l'est dans le bassin du Rhin, à l'ouest dans celui de la

Seine. Le premier reçoit la Meuse et les différents cours d'eau qui arrosent la Woëvre. Le 2e, l'Aire et l'Ornain.

La Meuse sort du pied des hautes montagnes de Langres à Andilly (Haute-Marne), entre dans l'arrondissement à Brixey, et, placée entre le bassin de la Moselle à l'est et celui de la Marne à l'ouest, se dirige vers le nord jusqu'à Troussey : de là elle s'incline tantôt à l'est, tantôt à l'ouest, tout en conservant toujours la même drection générale. De Brixey à Pagny sa pente est d'un mètre pour 250 ; de Pagny à la limite septentrionale de l'arrondissement, d'un mètre pour 270. Ses berges sont peu élevées ; mais la largeur de la prairie qui s'étend sur ses bords, empêche que ses crûes puissent atteindre une grande hauteur ; à Troussey, en amont du pont-canal, celles-ci ne dépassent jamais un mètre au-dessus du niveau de la prairie. Sa largeur moyenne est de 35 mètres à Pagny et de quarante à St.-Mihiel. Ce fleuve croît rapidement. Ses eaux, ordinairement limpides, sont troublées dans les débordemens par les limons que ses affluents lui apportent des collines de la Meuse et des montagnes des Vosges. Du mois d'octobre au mois d'avril, la Meuse sort assez fréquemment de son lit et met souvent dix à douze jours pour y rentrer; elle féconde alors la prairie sans nuire à la santé générale des habitants. Il n'en est plus de même quand elle déborde au mois de juin : un limon fétide s'attache alors aux plantes qu'il rend impropres à une nourriture saine pour les animaux; d'un autre côté, l'eau vaseuse qui reste aux pieds des herbes, trouvant un écoulement difficile, arrêtée par chaque tige d'herbe, s'évapore en partie sur place, développe une fermentation putride d'où naît une exhalaison de miasmes marécageux pernicieuse à la santé publique. Depuis quelques années les embarras apportés au cours de la rivière par les attérissements et par la construction de différents ponts, ont rendu ces débordements bien plus fréquents et en ont accru les inconvénients. Déjà la face de la prairie commence à changer : dans les parties basses qui jadis produisaient le foin de meilleure qualité, on voit disparaître les plantes qui lui donnaient sa bonté et son odeur agréable. La flouve odorante, l'anthyllis, les chicoracées, la patience, l'oseille sont remplacées par les plantes des marais, tels que les carex, les joncs, les roseaux, etc. La belle et riche prairie de la Meuse ne tarderait pas à devenir un marais improductif et un foyer d'insalubrité, si l'on ne s'empressait d'y remédier.

L'autorité administrative n'ignore pas ce fait fâcheux, dont la continuation compromettrait la santé publique en même temps qu'elle tarirait une des sources les plus puissantes de la richesse du pays ; elle sait que le curage de la Meuse est une chose utile, nécessaire, urgente. Administrateur éclairé, M. le Préfet tient à honneur de mener promptement à bonne fin cette opération dont la population gardera le souvenir et lui sera reconnaissante.

La Meuse coule sur un lit de gravier assez fortement agrégé ; dans cet arrondissement elle reçoit 26 affluents (11 à droite, 15 à gauche) qui doublent son volume d'eau.

Dans le bassin de la Meuse, la mortalité s'est élevée un peu au-dessus de la proportion de 2 sur 3 malades.

A l'est du bassin de la Meuse est placé celui de la Moselle, où l'on trouve dans l'arrondissement, comme tributaire de l'Orne dont les eaux se jettent dans la Moselle à Richemont, l'Yron qui, né au-dessus de Vigneulles, coule à l'est jusqu'à l'étang de St.-Benoit, puis tourne au nord jusqu'à sa sortie du département, et reçoit le ru de Vigneulles par l'intermédiaire du Longeau, le ruisseau de Saumure et celui de Hattonville. Le ru de Mad où se jette la Madine, et l'Ache ou l'Esse qui naît à Corniéville, vont se perdre dans la Moselle.

Dans ce bassin, la mortalité donne une proportion plus forte que celle de 2 pour 3.

A l'ouest du bassin de la Meuse est celui de la Marne, où l'on trouve dans l'arrondissement : l'Ornain que forme, à 3 kilom. au sud de Gondrecourt, l'union de la Maldite et de l'Oignon : la première vient des Vosges et entre dans l'arrondissement à Dainville, la 2e vient de la Haute-Marne et entre dans l'arrondissement à Chassey. L'Ornain coule du sud-est au nord-ouest dans une vallée étroite à versants abruptes quoique peu élevés jusqu'à Gondrecourt, où la vallée s'élargit un instant pour se rétrécir à Demange : il sort de l'arrondissement au sud de Tréveray. Sa pente moyenne est d'un mètre pour 600 mètres. Il coule sur des terrains très-perméables qui absorbent une grande partie de ses eaux. Dans l'arrondissement, il reçoit à droite 4 affluents, à gauche 3.

Dans ce bassin, la mortalité a dépassé la proportion d'un sur 2 malades.

Entre le bassin de la Meuse et celui de la Marne, est placé celui de l'Aisne qui, dans l'arrondissement, forme une bande étroite dirigée vers le sud-sud-est, et qui ne comprend que l'Aire. Celle-ci, née à St.-Aubin, se dirige vers le nord-ouest avec une pente d'un mètre sur 450; elle est à sec pendant l'été, et coule dans une vallée peu encaissée. Elle reçoit dans l'arrondissement 6 affluents, dont un à droite.

Le choléra s'y est montré dans de rares localités et a fait mourir peu de monde, bien que la mortalité ait eu lieu dans une proportion plus élevée que celle de 2 sur 3. Deux localités, Neuville-en-Verdunois et Ernecourt perdent, la première, le 25e, la 2e, le 16e de leur population : les autres communes atteintes ne regrettent que quelques victimes.

L'arrondissement possède plusieurs étangs qu'alimentent les eaux dont je viens de parler, des sources moins importantes ou les eaux pluviales. Les plus considérables sont situés dans le bassin de la Moselle : ce sont les étangs de Lachaussée, 359 hectares ; de St.-Benoit, 175 hectares ; de Bouconville, 160 hectares ; de Billy, 50 hectares. Cette dernière localité a eu seule des cholériques, et encore ceux-ci sont-ils en minime proportion : 16 décès sur une population de 349 habitants.

Il n'y a qu'un seul marais d'une certaine étendue dans l'arrondissement, le Val-de-l'Asne ; il embrasse soixante - dix - neuf hectares du territoire de Pagny et s'étend dans la Meurthe. Deux cholériques morts sur une population de 900. Un autre marais existe entre Burey-en-Vaux et Neuville-les-Vaucouleurs. Cette dernière localité est plus basse que Burey, elle est conséquemment plus sous l'influence du marais, elle ne compte que 10 décès sur une population de 498 habitans ; Burey a 32 décès sur une population de 510. J'ajouterai à cette observation que dans la Woëvre, dont les terres argileuses ne se laissent pas facilement ni rapidement pénétrer par les eaux pluviales qu'elles retiennent long-temps à leur surface, le choléra a envahi peu de communes, excepté au nord de l'arrondissement. Cette considération viendrait combattre l'opinion qui signale comme plus particulièrement exposés aux attaques du choléra, les pays dans lesquels les fièvres intermittentes règnent habituellement, s'il n'était démontré qu'ici, comme partout et toujours, le choléra ne s'assujettit à aucune loi.

Les eaux de la Meuse et la plupart de celles des sources, contiennent du chlorure de calcium, du carbonate de chaux et peu de sulfate de chaux. Je ne puis d'ailleurs donner une analyse plus détaillée; je ne connais personne qui se soit occupé de cette étude et puisse m'indiquer la proportion des sels contenus dans chaque eau différente de l'arrondissement: je n'apporterai pas, pour excuser cette omission, mon peu d'habitude des manipulations chimiques; car je n'ignore pas que l'hydrotimètre de M. Boudet aurait pu facilement suppléer à mon inexpérience. Je me contente d'avouer le fait: je n'ai pas fait ces recherches. J'ai entendu donner cette composition que je viens d'écrire et j'y crois, je vais dire pour quelle raison.

Malgré le préjugé des Parisiens contre les eaux de source, préjugé que plusieurs savants chimistes ou autres ont accrédité dans leurs ouvrages, les Meusiens de notre arrondissement redoutent autant l'eau de rivière, même lorsqu'elle est pure et limpide, que les habitants de Paris l'eau de source; ils ne boivent jamais que celle-ci, et ils ne la trouvent ni *crue*, ni *difficile à digérer*. Cette différence d'opinions s'explique d'ailleurs très-bien, quand on réfléchit à la nature différente des terrains que les eaux doivent traverser pour arriver à la surface de la terre, à Paris et ici. Les terrains de notre pays sont, ainsi que je l'ai dit plus haut, principalement formés de carbonates de chaux et de marnes calcaires. En les traversant, l'eau ne peut conséquemment se charger que d'une très-petite quantité de ces sulfates qui rendent l'eau de difficile digestion. Dans les environs de Paris au contraire, les eaux de sources sont imprégnées d'une forte proportion de sulfate de chaux qu'elles empruntent, soit aux terrains gypseux, soit aux marnes vertes remplies de cristaux de sulfate de chaux et posées sur les gypses qui existent encore, soit aux terrains inférieurs imprégnés des débris de la masse de gypse qui les recouvrait jadis ; tous genres de terrains qui entourent Paris de tous côtés, excepté vers le sud où l'on trouve des eaux pures, il est vrai, mais que l'on n'a pu utiliser pour désaltérer les Parisiens, soit parce qu'elles sont trop peu abondantes, soit parce qu'elles font marcher des usines trop nombreuses et trop importantes.

MÉTÉOROLOGIE.

Je n'ai point et ne puis donner d'observations météorologiques exactes et détaillées faites dans cet arrondissement ; je ne puis présenter que des remarques générales, fruit d'observations faites à Bar par M. Bellot, ex-chef de bureau à la préfecture, et par M. Henriot, juge de paix en cette ville.

Le climat est généralement tempéré ; l'air est pur et salubre ; les chaleurs de l'été sont supportables et les hivers, quoique longs, ne sont pas ordinairement rigoureux. Le maximum de la chaleur dépasse rarement + 30° c. et le minimum descend exceptionnellement au-dessous de — 20°. La moyenne des mois les plus froids ne descend pas en général au-dessous de 0°. Avant et après l'hiver il règne une humidité froide. En toute saison la température est sujette à des variations aussi fréquentes que brusques.

M. de Gasparin a donné le chiffre 0,0047 comme représentant la moyenne de la hauteur d'eau fournie par chaque jour de pluie de l'année entière dans ces pays, et ceux de 0,0034, 0,0040, 0,0062, 0,0055 pour celle de chaque jour de pluie dans l'hiver, le printemps, l'été et l'automne. Ces chiffres n'offrent qu'une approximation fort incertaine pour notre arrondissement, car la hauteur d'eau tombée dans chaque localité n'est pas proportionnée au nombre de jours de pluie et, d'un autre côté, l'altitude du lieu où l'on fait l'observation, la température et une foule d'autres circonstances produisent des différences dans la quantité d'eau que fournit la pluie. Les observations qui ont été faites à Bar donnent un chiffre un peu plus fort, qui l'est probablement plus encore pour notre arrondissement, puisqu'il est plus élevé et qu'il renferme plus de bois, plus de cours d'eau, etc. Depuis 1849, la moyenne des jours de pluie dans l'arrondissement, a été de 150. La neige est très-rare en avril, en mai et en octobre. La grêle ne tombe, ce qui est rare d'ailleurs, qu'aux mois de mars ou d'avril, ou dans la belle saison pendant les orages. Des brouillards plus ou moins épais s'élèvent à toutes les époques de l'année, mais plus ordinairement en automne et en hiver, sur tout le cours de la Meuse : ils se dissipent presque toujours dans la matinée, sous forme de pluie fine ou de nuages : dans ce dernier cas, ils retombent généralement en pluie le même jour ou le lendemain.

Les vents dominants du pays sont ceux de l'ouest et du sud seuls ou combinés ensemble. Du reste, les vents sont modifiés par nos coteaux, et sont sujets à de subits changements. La pluie arrive à peu près constamment avec les vents du sud et du sud-ouest, rarement avec les vents septentrionaux. Ceux du sud et du sud-est accompagnent généralement les orages qu'on voit peu par les vents de l'ouest et du nord, et on peut presque dire jamais avec ceux de l'est et du nord-est.

HYGIÈNE DES HABITANTS.

Des maisons construites en pierres, couvertes en tuiles, et, dans quelques communes du sud, en pierres plates, servent d'habitations à la population rurale de l'arrondissement ; elles pèchent en général par un défaut de construction qui ne laisse pas à l'air un accès assez facile. Entre 2 chambres qui seules ont une fenêtre chacune, rarement plus, est placée une cuisine borgne qui n'a d'autres ouvertures qu'une grande et large cheminée et des portes de communication avec les différentes pièces de la maison. Telle est la distribution la plus commune des maisons de cultivateurs qui commencent à avoir un peu d'aisance ; les autres n'ont souvent qu'une chambre sans plancher et dont les murs sont entièrement nus. La cuisine est le lieu où se tient ordinairement la famille et souvent où elle couche, enfermée dans des alcôves.

Le sarrau bleu, le pantalon et les sabots pendant l'hiver, les gros souliers au moment des ouvrages, forment le vêtement de l'immense majorité des habitants de la campagne.

Actif et laborieux, le campagnard de notre arrondissement hait toutes les perturbations générales qui ont pour résultat nécessaire de gêner les transactions commerciales; intelligent et rusé, il a confiance en lui, et sait parfaitement dissimuler sa fierté quand il veut tirer parti d'un autre campagnard ou quand il veut *tâter* le bourgeois qu'il se plaît à interroger et à écouter, moins pour se faire une opinion que pour satisfaire sa curiosité. Il aime surtout à tromper le citadin, à lui faire contracter des marchés onéreux. Econome et sobre, il se nourrit de pain, de soupe au lard, de lard et de légumes. Riche ou pauvre, tout le monde à la campagne suit ce régime alimentaire : il n'y a pas deux familles par village qui mangent du bœuf dans la semaine.

La seule différence que l'on puisse remarquer est celle-ci : le campagnard aisé mange du pain fait avec de la farine de blé, tandis que le pauvre y ajoute de la farine d'orge ou de seigle ; trop heureux quand la misère ne l'oblige pas à n'utiliser que celle-ci à l'exclusion des autres. Pour boisson, les plus riches boivent du vin aigre, acide ; les autres de l'eau. La grande division de la propriété qui nuit en ce pays aux progrès de l'agriculture, met d'un autre côté les terres à la portée de toutes les bourses et favorise, chez nos compatriotes, le développement de leurs qualités qui sont parfois poussées à l'excès. L'aisance devient plus générale. Les vêtements sont ordinairement propres, les ménages bien tenus et l'habitant de nos campagnes, sans avoir encore précisément autant de besoins que le citadin, n'est plus aussi insoucieux de sa santé et ne professe plus autant d'indifférence pour tout ce qui contribue aux commodités et aux agréments de la vie.

Le peuple possède les lumières indispensables aux rapports sociaux : il est très-rare de rencontrer des gens du pays qui ne sachent ni lire, ni écrire.

La culture des terres et des vignes occupe la grande majorité des habitants de l'arrondissement ; les autres sont employés à l'extraction des mines, à leur transport et à l'exploitation des forêts, ou sont utilisés par les propriétaires d'établissements industriels métallurgiques. Dans le bassin de la Meuse, les dentelles, les broderies sur châles ou à l'aiguille, sont l'ouvrage d'une grande partie des jeunes filles ; la fabrication des compas celui des jeunes gens dans certaines localités des cantons de Void, Commercy, Pierrefitte et St.-Mihiel.

Cette transformation des occupations des habitants de la campagne, est une chose fâcheuse pour l'agriculture, qui trouve difficilement les bras dont elle a besoin, et pour la jeunesse elle-même, qui perd ainsi le seul moyen qu'elle avait de combattre par l'aération durant une grande partie de l'année, le funeste résultat d'une habitation malsaine et d'une alimentation qui n'est pas suffisamment réparatrice. Les habitants des vignobles sont plus malheureux que les autres, parce que les produits ne sont pas toujours bons et que l'obligation où ils se trouvent, dans les années favorables, de vendre prématurément leur récolte pour payer les dettes qu'ils ont contractées dans les mauvaises années, ne leur permet pas de recueillir tout le bénéfice pécuniaire que leur procurerait une vente faite un peu plus tard.

MALADIES ENDÉMIQUES.

Les maladies qui règnent le plus fréquemment dans cet arrondissement, sont celles des voies respiratoires et de la circulation. Viennent ensuite celles des organes abdominaux. Chaque année la fièvre typhoïde visite quelques localités où elle exerce des ravages plus ou moins grands : elle attaque indifféremment les communes placées au sommet des collines ou sur le bord des ruisseaux et des rivières. Dans la plaine de la Woëvre, sur le bord des étangs et des marais, et dans la vallée de la Meuse, les fièvres intermittentes quotidiennes et plus souvent tierces, sont assez communes à l'automne et surtout au printemps ; mais elles revêtent rarement une forme grave, bien qu'elles aient assez de persistance et résistent généralement assez longtemps à un traitement méthodique. Quand les malades ne peuvent pas quitter momentanément leur résidence, elles récidivent avec ténacité malgré l'emploi d'une médication rationnelle. Dans tout l'arrondissement, il n'est mort, depuis le mois de janvier 1853, que deux personnes atteintes de fièvre pernicieuse.

Le croup et le pseudo-croup ainsi que la rougeole et la scarlatine, attaquent de loin en loin les enfants et rarement les adultes.

Enfin, la variole plus ou moins modifiée par la vaccine, y exerce, comme ailleurs, assez souvent ses ravages.

Il est constant aussi que depuis un certain nombre d'années, la constitution médicale a changé. Les affections franchement inflammatoires sont maintenant aussi rares qu'elles étaient fréquentes il y a une vingtaine d'années. Dans le commencement de ma clientèle, je trouvais assez souvent l'occasion de faire de larges saignées qui soulageaient le malade et pouvaient être répétées. Maintenant, dans les affections d'aspect phlegmasique, une première saignée abondante est généralement suivie d'un changement d'état du pouls, qui cesse aussitôt d'être plein et développé, et d'un sentiment de faiblesse qui ne permet pas de recourir à ce moyen aussi fréquemment qu'autrefois. Que ce fait soit produit par des pluies plus abondantes aujourd'hui que jadis, ou par toute autre cause, il n'en est pas moins vrai que cette constitution qui, dans ce pays, imprime son cachet à toutes les maladies, est très-probablement la cause qui a modifié le choléra dans cette épidémie où les symptômes morbides ne se sont pas montrés complètement tels qu'ils étaient en 1832.

HISTOIRE GÉNÉRALE

DU

CHOLÉRA.

Depuis peu de temps l'arrondissement de Commercy était cerné par l'épidémie cholérique qui régnait au sud-ouest dans le département de la Haute-Marne, à l'est dans celui de la Meurthe, au nord dans l'arrondissement de Verdun ; depuis quelque temps aussi les médecins des différentes localités de cette circonscription du département, étaient fréquemment appelés à donner des soins à des personnes atteintes d'affections diarrhéïques, lorsqu'un premier cas fut observé par le docteur Remy, le 23 mai, au nord de l'arrondissement, à Hattonville, dans le canton et près de Vigneulles, sur une vieille femme indigente, de 80 ans, qui mourut le 25. Pendant tout le mois de mai le ciel ne s'est montré pur que 6 fois, la température a varié de + 4° à + 26°. Le vent du sud-ouest a soufflé 11 fois, celui de l'ouest 7. Je mentionne ce fait météorologique pour montrer qu'on ne peut attribuer à l'action du vent le développement de l'épidémie dans ce village. Hattonville est au sud-est de l'arrondissement de Verdun et ne pouvait recevoir conséquemment les miasmes cholériques que par le vent du nord-ouest qui n'a pas donné pendant tout le cours du mois. Si l'on admettait ce mode de propagation, il resterait d'ailleurs toujours à expliquer pour quelle raison Hattonville a été atteint de préférence à tant d'autres localités. Quant à l'influence des vents d'ouest, agissant non plus comme transporteurs de miasmes, mais par une action particulière, quand elle est unie à celle d'une température basse et humide; on verra plus tard qu'il est difficile de ne pas la reconnaître, bien qu'il puisse n'y avoir là qu'une coïncidence : en tout cas, cette coïncidence est fort remarquable.

Pendant le mois de juin, l'épidémie reste concentrée dans cette commune; à la fin de ce mois seulement, elle pénètre en trois villages, à Viéville, qui est situé à l'ouest et près de Hattonville ; et à l'extrémité méridionale de l'arrondissement, dans les deux Vouthon. Pendant ce mois, le vent de l'ouest a soufflé 12 jours, celui du sud-ouest 8 jours, celui du nord-ouest 4 jours : le ciel n'a été pur que 5 jours; la température a varié de + 5° à + 30°. A Viéville et à Vouthon-Haut, la première personne malade avait été dans un foyer d'infection.

Pendant le mois de juillet, le vent du sud-ouest a soufflé 11 jours, celui de l'ouest 6 jours, celui du nord-ouest 5 jours ; le ciel est resté pur 9 jours ;

la température a varié de + 5° à + 30°. L'épidémie apparaît dans 33 communes. A Vaucouleurs le 4, (vent de l'ouest, ciel couvert, 12°); à Bonnet le 11, (vent du sud-ouest, ciel nuageux, 10°); à Issey le 14, (vent du nord-ouest, ciel couvert, 10°); le 15 à Taillancourt, (vent du sud-est, ciel pur, 12°); à St.-Maurice et à St.-Mihiel le 17, (vent du nord-ouest, ciel nuageux, 9°); le 19 à Ourches, (vent de l'ouest, ciel nuageux, 12°); le 20 à Lacroix-sur-Meuse, à Maxey et à Neuville-les-Vaucouleurs, (vent de l'est, ciel nuageux, 13°); le 22 à Rigny la-Salle, (vent de l'est, ciel nuageux, 15°); le 23 à Jonville et à Sorcy, (vent du nord-est, ciel nuageux, 15°); le 24 à Hattonchâtel, (vent de l'est, ciel pur, 15°); le 25 à Vaudeville, à Burey-en-Vaux et à Châlaines, (vent de l'ouest, ciel pur, 15°); le 26 à Amanty, à Brixey et à Montbras (vent du nord, ciel nuageux, 17°); le 27 à Seuzey, (vent de l'est, ciel pur, 15°); le 28 à Gondrecourt et à Vacon, (vent du nord-est, ciel nuageux, 14°); le 29 à Vignot, à Baudignécourt, à Mauvages, aux Roises, à Goussaincourt, à Billy et à Troussey, (vent du nord-est, ciel pur, 14°); le 30 à Bovée et à Void, (vent du sud-est, ciel pur, 12°).

Sur ces 33 communes, je n'en vois que 8 où le choléra ne se soit pas développé spontanément; dans les 25 autres, la première personne malade n'avait pas quitté son village, ne s'était pas mise en contact avec les cholériques et ne sortait pas d'un foyer d'infection. Huit de ces localités ont perdu le 10e au moins de leur population, et sur ces huit, quatre ont vu le choléra naître spontanément au milieu d'elles. C'est sous l'influence des vents d'ouest, de sud-ouest et de nord-ouest que le choléra s'est développé dans la majorité de ces huit communes ; dans trois seulement cette épidémie est apparue quand les vents d'est et de nord-est soufflaient. Dans trois communes seulement aussi, la pureté du ciel a coïncidé avec l'apparition du premier cholérique. Les influences météorologiques ne suffisent pas d'ailleurs pour expliquer la gravité de l'épidémie dans ces trois communes, car si le 11, le 14 et le 23, le premier cas de cette affection devait être suivi d'une épidémie grave à Bonnet, à Issey, à Jonville et à Sorcy ; le 25, le 26 et le 29, jours où plusieurs communes sont attaquées à la fois, une seulement est chacun de ces jours atteinte vigoureusement et doit être décimée : les autres ne fournissent qu'un moindre nombre de décès.

Dans le mois d'août, le vent de l'ouest a soufflé pendant 12 jours; celui du sud-ouest pendant 5 jours ; celui du nord-ouest pendant 5 jours également; le ciel est pur pendant 12 jours, parmi lesquels 6 de suite à la fin du mois : la température a varié de + 5° à + 29°.

Dans le cours de ce mois 57 communes sont atteintes du choléra; 5 seulement sont décimées.

A l'exception de Luméville, qui seul est atteint le 6 août ; le jour où le choléra apparaît dans ces 5 villages qu'il doit flageller si cruellement, il frappe aussi une ou plusieurs personnes dans d'autres villages où il ne doit faire mourir que quelques malades. Lors de l'invasion du choléra dans 4 de ces 5 communes, le vent de l'ouest soufflait ; celui du sud, lors de l'invasion de l'épidémie dans la 5e ; le ciel était nuageux et la température a varié de 8 à 14.

Dainville, Delouze, Demange-aux-Eaux, Neuville-en-Verdunois, Epiez, Rigny-St.-Martin, Méligny-le-Grand ont vu leurs premiers cholériques le 1er août; Abainville et Laneuville-au-Rupt le 2; Commercy, St-Aubin, Badonvilliers, Tréveray, Ranzières, Sauvigny et Sepvigny le 3 ; Jouy et Bannoncourt le 4 ; Luméville le 6 ; Domremy le 7 ; Nançois-le-Grand, Chassey et Dompierre le 8 ; Horville, Houdelaincourt, St.-Joire, Rupt-devant-St.-Mihiel et Deux-nouds le 10 ; Ernecourt, Sauvoy, Mécrin, Willeroncourt, Burey-la-Côte le 12 ; Tourailles, Courouvre, Buxières et Saulx le 13 ; Brasseitte le 14 ; Cousances, Vadonville, Heudicourt, Méligny-le-Petit et Villeroy le 15 ; Lérouville le 16 ; Chauvoncourt et Ugny le 17; Grimaucourt le 18 ; Chonville le 19; Corniéville, Woimbey et Vaux-la-Grande le 20 ; Sampigny le 22 ; Gimécourt le 23 ; Villotte le 26 ; Rosières-en-Blois et les Paroches le 27.

Trente-une de ces communes ont été envahies

quand soufflait le vent de l'ouest ; 9 quand régnait celui du sud-ouest ; 5 par celui du nord-ouest ; 4 sous l'influence de celui d'est et 2 sous celle du vent du sud-est ; 6 par le vent du sud et une par celui du nord. Le ciel était pur quand seize communes ont été atteintes de l'épidémie : dans les autres localités, l'invasion cholérique ne s'est faite que quand le ciel était nuageux ou quand il pleuvait.

Au mois de septembre, le ciel qui s'est éclairci dans les 6 derniers jours d'août, reste constamment serein, sauf deux jours de pluie, le 21 et le 24, et deux jours où il ne se découvre pas ; le vent qui, à la fin du mois précédent, a tourné au nord-est, reste à l'est et au sud-est pendant les 11 premiers jours ; les vents de l'ouest, sud-ouest et nord-ouest soufflent ensuite pendant 13 jours ; la température varie de + 1° à + 26°.

Quatre communes sont envahies par le choléra et ne donnent pas une forte mortalité : ce sont Vaux-les-Palameix le 1er ; Pagny-sur-Meuse le 4 ; Oëy le 9 ; Chennevières le 15.

En octobre, deux communes seulement sont visitées par l'épidémie : Lahaymeix le 25, et Marvoisin, écart de Xivray, le 27.

En résumé, la pureté du ciel a coïncidé avec l'invasion du choléra dans 31 communes : il pleuvait ou le ciel était sombre quand le choléra a pénétré dans les 71 autres. L'invasion de l'épidémie a eu lieu dans 62 localités sous l'influence des vents d'ouest, dans 30 sous celle des vents d'est ; les vents du nord et du sud régnaient quand le choléra est apparu dans les 10 autres.

MARCHE GÉNÉRALE DE L'ÉPIDÉMIE

CONSIDÉRÉE DANS SES RAPPORTS AVEC LES FAITS MÉTÉOROLOGIQUES.

Des cas de choléra ont été constatés dans l'arrondissement depuis la fin de mai jusqu'au commencement de décembre. Les observations météorologiques que je viens de donner pour faire connaître le rapport qui a existé entre ces phénomènes et le développement de l'épidémie dans chaque commune, peuvent servir également pour étudier la relation qui s'est établie entre eux et la marche générale de l'épidémie dans l'arrondissement. En les résumant, je trouve que du 1er juin au 1er octobre les vents de l'ouest ont soufflé 80 jours ; ils ne tournaient à l'est, au nord-est ou au sud-est que pour reprendre bientôt cette direction. Sur la fin d'août ils viennent du nord-est et restent à l'est pendant les onze premiers jours de septembre. Jusqu'au 26 août, l'atmosphère a été constamment humide ; le ciel était sombre, nuageux ou bien il pleuvait : il n'a été pur que 5 jours en juin, 9 jours en juillet, 6 jours en août jusqu'au 26 de ce mois. A dater de cette dernière époque jusqu'à la fin de septembre, le ciel a été toujours clair et serein, si j'en excepte deux jours de pluie et deux autres jours où des nuages voilaient l'éclat de la lumière du jour. Les orages ont été rares ; j'en compte 3 en juillet, 2 en août. La température moyenne fut peu élevée. J'ai noté d'ailleurs d'assez grandes variations dans la colonne thermométrique qui a été de + 1° à + 30°.

Le choléra a fait tant de victimes parmi les malades qu'il alitait et la mort arrivait si rapidement, que le moyen le plus sûr et le plus concis qui soit à ma disposition pour indiquer la marche générale de l'épidémie est de faire connaître la proportion de la mortalité à différentes époques. Nous l'avons vu stationner à Hattonville pendant tout le mois de juin à la fin duquel il pénètre dans trois localités, une au nord dans le canton de Vigneulles, près de Hattonville, deux au midi dans le canton de Gondrecourt. Le total de la mortalité dans ce mois s'élève à 26.

Ce chiffre est dépassé par celui de la première dizaine de juillet (27) pendant laquelle le ciel reste nuageux et le vent du sud-ouest souffle à peu près constamment. Ce dernier nombre est doublé (54) dans la 2e dizaine de juillet où le ciel est pur pendant 2 jours seulement, où je note 2 jours de pluie; les vents d'ouest, sud-ouest et nord-ouest continuant à régner. Il est plus que sextuplé dans la 3e où le vent d'ouest ne donne que 3 jours, les vents d'est et du nord-est, les sept autres jours, et où le ciel est serein pendant 6 jours. 179 décès.

Au mois d'août, l'épidémie arrive rapidement et brusquement à son apogée et s'étend sur un grand nombre de localités parmi lesquelles 5 seulement perdent au moins le 10e de leur population. 379 décès ont lieu pendant la 1re dizaine où règnent le vent d'ouest et l'état nébuleux du ciel. Un seul jour le ciel est pur, un seul jour le vent d'est souffle. 604 *cholériques* meurent dans la 2e dizaine où les vents d'ouest, sud-ouest et nord-ouest dominent, (2 jours de vent du sud, 1 jour de vent d'est); le ciel est serein pendant 4 jours. La 3e dizaine compte 378 décès. Les vents du sud-ouest et du nord-ouest se font sentir jusqu'au 26, époque où ils tournent à l'est et où le ciel s'éclaircit, *l'épidémie cholérique s'arrête tout-à-coup à dater de ce même jour et décroît avec une extrême rapidité.* Sur ces 378 décès de la 3e dizaine, 283 ont eu lieu avant le 26.

Au mois de septembre le ciel est constamment pur à l'exception de 2 jours de pluie et de 2 jours sombres dans la dernière dizaine du mois ; le vent d'est souffle sans discontinuer jusqu'au douze. 77 décès ont lieu pendant la 1re dizaine, 29 dans la 2e, 13 dans la 3e. L'épidémie peut dès-lors être considérée comme arrivée à la fin de sa course.

Ainsi il résulte de l'examen des faits météorologiques qui se sont passés au moment de l'épidémie, que :

1° Pendant toute sa durée l'atmosphère est restée

humide et les vents d'ouest ont été les vents dominants;

2° Sous le règne de ces deux phénomènes atmosphériques, l'épidémie est très-rapidement arrivée à son apogée;

3° Elle a décru plus rapidement encore quand les vents d'est ont soufflé et quand l'atmosphère est devenue sèche;

4° La pureté du ciel paraît avoir exercé une influence plus grande que ces vents sur la cessation de l'épidémie; son action du moins a précédé celle de ces derniers et s'est fait sentir plus longtemps.

Sans doute, si l'on réfléchit que les vents d'ouest sont en ce pays ceux qui règnent le plus ordinairement, que, dans les localités où l'épidémie était lancée comme à St.-Mihiel, à Commercy, à Ranzières, à Jouy, cet arrêt a été moins subit et moins marqué que dans les autres localités où elle avait eu le temps de prélever son tribut de décès, on est moins disposé à chercher et à croire trouver là le secret de l'action épidémique; mais il n'en est pas moins fort remarquable que l'épidémie, dans notre arrondissement, se soit lancée sous l'influence simultanée d'un ciel nuageux et des vents d'ouest; qu'elle se soit arrêtée brusquement dès que le ciel est resté pur et que le vent d'est a donné. La réunion de ces deux circonstances et leur persistance pendant un certain temps, ont dû d'ailleurs exercer une action réelle sur la prédisposition aux affections abdominales que les circonstances météorologiques opposées déterminent toujours. En tout cas pour quiconque ne voudra voir là qu'une coïncidence, elle n'en est pas moins digne d'être prise en grande considération.

SYMPTOMATOLOGIE.

Pendant la période épidémique, la population toute entière fut soumise à différents degrés et de différentes manières à l'influence morbide qui régnait sur l'arrondissement. Les plus heureux ont été tourmentés de vertiges, de ballonnement du ventre, de tension à l'épigastre, d'oppression précordiale et de digestion difficile, phénomènes qu'accompagnait ou suivait souvent la diarrhée ou une sueur abondante. Ceci ne mérite guère d'être mentionné que pour compléter le tableau des accidents maladifs que les médecins de l'arrondissement furent appelés à observer; quant aux maladies réelles qui se développèrent largement dans la période, elles se rangent sous 3 cadres différents :

Tantôt et ce fut la forme épidémique la plus commune, la plus générale, la plus constante, la moins grave, mais la plus tenace; des symptômes nerveux particuliers suivant une marche rémittente ou intermittente et s'accompagnant rarement d'évacuations alvines ou stomacales, plus souvent de constipation opiniâtre, se terminait par une crise vers la peau qui ruisselait de sueur ;

Tantôt l'économie animale s'affaiblissait en même temps que se développaient quelques phénomènes abdominaux peu graves;

Tantôt enfin, toutes les facultés vitales des malades étaient enchaînées, le principe de vie paralysé, le système nerveux sidéré. Cette forme était le choléra proprement dit, le choléra algide, le choléra sidérant; elle était la plus dangereuse de toutes, celle qui était à si juste titre tant redoutée de nos populations, la seule qui produisit cette mortalité désolante, la seule dont je m'occupe ici avec détail.

En réunissant ces trois affections et en employant le nom de formes pour les désigner, je n'entends pas préjuger la question qui est en litige et dire qu'elles ne sont que les trois degrés ou les trois variétés d'une même maladie. Je ne veux pas plus entrer dans la discussion qui a été soulevée pour décider si la suette est une maladie de nature différente ou de même essence que le choléra. Que le praticien la considère comme un épiphénomène de celui-ci ou comme une épidémie qui se mêle à l'épidémie cholérique, toujours est-il qu'il lui est impossible de confondre deux affections qui ont une marche si différente, qui réclament un traitement si opposé, deux affections dont l'aspect est si dissemblable, dont l'une a tant de gravité et l'autre si peu : d'un autre côté il lui est bien difficile de ne pas reconnaître dans la première une influence du *quid divinum* cholérique, quand il a vu les médecins, les infirmiers, les sœurs et les personnes qui approchent ces malades ou qui vivent dans le milieu épidémique, éprouver les accidents qu'elle détermine.

SUETTE.

La suette a été si universellement répandue dans tout l'arrondissement, qu'un seul village, Baudrémont, en a été exempt ainsi que du choléra; heureux privilège dont on chercherait vainement la cause dans la nature du terrain ou dans la situation de cette localité. Elle se déclarait ordinairement par un sentiment de défaillance ou de faiblesse, par une syncope ou par une sensation particulière; puis la face du malade pâlissait, le pouls se ralentissait; enfin on constatait du refroidissement, de la prostration et parfois des nausées ou des envies de vomir. Après une période d'état pleine d'anxiété qui variait de quelques instants à quelques heures, le pouls s'élevait, la physionomie perdait son aspect grippé, le corps s'échauffait et bientôt une sueur abondante ruisselait et imprégnait la chemise, les draps et même le matelas sur lequel reposait le malade qui restait ensuite abattu, courbaturé, sans appétit ni sommeil, victime de névralgies de diverses natures et de sièges différents. L'apyrexie qui succédait à ces phénomènes morbides avait une durée fort variable; puis un nouvel accès reparaissait avec la prostration, l'inappétence, parfois les nausées, avec l'insomnie, l'anxiété et l'inaptitude à aucun travail manuel ou intellectuel. Il était souvent accompagné de douleurs névralgiques nouvelles moins vives et moins tenaces que les premières. Les urines étaient moins abondantes, les selles rares et la rate non tuméfiée. La langue restait blanche, large et humide. Après un certain temps de durée, la suette faisait naître des vertiges, une exaltation de la sensibilité générale et de celle de quelques sens, des sensations successives de froid et de chaud nées sans causes extérieures appréciables. Le malade était sujet à des palpitations fréquentes, à des battements artériels qui se faisaient ressentir de préférence à l'épigastre; son sommeil était souvent interrompu par des idées bizarres que leur tenacité rendait fatigantes. Du reste, la physionomie et l'intensité de la suette ont offert une foule de variations. Les adultes étaient pris de préférence, et dans les villages envahis par le choléra, la marche et l'intensité de cette maladie se modelaient sur celles du choléra. La convalescence fut toujours longue et pénible, les forces étaient anéanties, le pouls peu fort, la peau lâche, sans résistance et souvent moite, les digestions difficiles et laborieuses. Quelques malades finirent par tomber dans un état d'anémo-névropathie qui n'est pas encore dissipé à l'heure où j'écris ces lignes, au mois de juin 1855. En estimant à 200 le nombre des personnes qui sont restées dans ce triste état de santé, je suis certainement au-dessous de la vérité. Dans la suette simple ou compliquée de cholérine ou de diarrhée, les rechutes furent faciles. Cette maladie fut quelquefois le point de départ du choléra et généralement alors celui-ci fut grave.

CHOLÉRINE.

Un grand nombre de malades ont dû réclamer les secours de l'art pour un malaise général accompagné de dépression du pouls, de quelques vomissements ou d'envies de vomir et de diarrhée. Le plus souvent les malades éprouvaient en même temps des vertiges, une certaine oppression épigastrique et précordiale et quelques crampes légères. La cyanose ne se traduisait que par un cercle bleuâtre dessiné autour des paupières et le refroidissement était peu marqué. Telle était la cholérine, qui souvent se mêla avec la suette et qui plus souvent encore fut le prélude de l'affection plus grave et plus effrayante dont je vais rapidement esquisser les principaux traits. De même que la diarrhée simple, elle se dissipa souvent spontanément ou à l'aide de quelques soins hygiéniques, du repos à la chambre ou dans la position horizontale, d'une diète plus ou moins sévère, de l'administration de lavements astringents ou laudanisés; de médicaments astringents, d'azotate de bismuth, etc. M. Manson, de Sorcy, l'a vue s'arrêter après l'administration de 20 à 30 grammes de sulfate de magnésie qui produisaient 12 à 15 selles abondantes. Le même remède lui a mieux, plus rapidement et plus souvent réussi quand il l'employait contre la diarrhée simple. L'ipécacuanha a produit entre les mains de M. Lagrange des résultats avantageux qui ont été moins satisfaisants quand ce même remède a été essayé par M. Dechilly. Ce dernier s'est mieux trouvé de l'emploi de la liqueur russe à la dose de 20 à 30 gouttes 3 fois par jour.

CHOLÉRA.

Le choléra proprement dit, le choléra algide se manifestait par des phénomènes tellement graves, rapides et terribles que, à la campagne surtout, le médecin était appelé plutôt près d'un moribond que près d'un malade. Tout d'abord les mouvements vitaux étaient enchaînés, l'influx nerveux sur le cœur et les poumons annihilé, la circulation et l'hématose arrêtées. Il débutait généralementp ar une diarrhée abondante, rizazée qui s'accompagnait de vertiges, d'un sentiment de défaillance, de sueurs froides, qui s'effectuait sans douleurs et produisait sur le malade de la faiblesse et de l'affaissement. Les vomissements ne formaient pas, comme cette diarrhée, le caractère essentiel de la maladie; ils ont manqué quelquefois. Bientôt la lenteur et la difficulté de la circulation entraînaient la nullité du pouls, la cyanose, l'algidité, la suppression de la sécrétion urinaire et faisaient naître l'angoise et l'anxiété qui se peignaient dans l'état général du patient ainsi que la suffocation, les inspirations larges et fréquentes et cette agitation qui forçait les malades à se mouvoir continuellement, à se découvrir sans cesse. En même temps une soif ardente se faisait sentir ; la langue conservait sa forme et sa coloration normales ; mais elle se refroidissait comme la face et les extrémités. La peau, privée d'élasticité, se laissait pétrir sous les doigts et conservait longtemps le pli qui lui était imprimé. Des crampes rares et de peu de durée contractaient douloureusement les muscles des membres inférieurs ; sur quelques cholériques seulement, elles furent plus générales et plus persistantes. Plus târd une sueur froide et visqueuse couvrait tout le corps. Indifférent à tout, le malade conservait cependant l'intégrité de son intelligence jusqu'à l'agonie. Quelques heures, un jour ou deux au plus séparaient la mort du moment où ces symptômes apparaissaient. Dans cette forme, le petit nombre arrivait à la réaction et, quand celle-ci se manifesta, trop souvent elle fut incomplète ; la chaleur obtenue parut être plutôt factice et communiquée que naturelle et produite par le retour de la circulation, de l'hématose et des diverses fonctions vitales ; plus souvent encore elle fut suivie de congestions passives vers les poumons ou le cerveau, de symptômes adynamiques que terminait fréquemment la mort qui fut alors ajournée de 4, 15, 27 et même 39 jours, mais plus ordinairement de 3, 4, 6 ou 8 au plus.

En 1832, les crampes, la cyanose et les vomissements violents et répétés formaient le côté saisissant du tableau; le malade se tordait sur son lit de douleurs. En 1854 au contraire on ne voyait plus cette lutte du système nerveux qui réagissait vigoureusement contre le mal; dès le début, ce lutteur si énergique de 1832 était vaincu, éteint, affaissé à tel point que la réaction sous toutes les formes était presque irréalisable. Le phénomène le plus saillant de cette dernière épidémie était une diarrhée incessante qui ne déterminait aucune douleur et qui enlevait les forces et la vie avec plus moins de rapidité. Le malade se sentait affaiblir et affaisser; involontairement ses paupières se fermaient à moitié. La cyanose était ordinairement peu prononcée : presque toujours les crampes furent peu intenses et cessaient quelques heures avant la mort. Les vomissements n'étaient le plus souvent ni tenaces ni fréquents, et ne provoquaient pas de grands et douloureux efforts : leur persistance et leur intensité n'ont pu donner la mesure de la gravité du mal : on a remarqué au contraire que les personnes qui furent assez heureuses pour guérir avaient été plus tourmentées et fatiguées par les vomissements que celles qui succombèrent.

Dans les cas heureux, à mesure que l'amélioration se dessinait, les liquides rendus par les vomissements et les selles se coloraient et exhalaient souvent une odeur plus méphitique qu'avant ce moment, les organes reprenaient peu à peu leurs fonctions; les urines étaient sécrétées et excrétées.

DIARRHÉE PRÉMONITOIRE.

Je l'ai dit, dans cette épidémie, la diarrhée a toujours précédé les symptômes du choléra; elle en a été le phénomène le plus saillant, le plus général, le plus constant; mais elle n'a cependant pas justifié la présomptueuse qualification de *prémonitoire* qui lui a été donnée, si l'on a voulu faire entendre par cette épithète qu'elle avertit d'une prochaine attaque de choléra et donne le temps de prévenir l'apparition du terrible fléau indien. Souvent elle a duré plus ou moins longtemps, cédant un moment pour reparaître ensuite et se jouant de tous les efforts tentés pour l'empêcher de dégénérer : ceci s'observait surtout quand elle attaquait les vieillards, les valétudinaires, les malades et les personnes qui jouissaient d'une constitution faible et détériorée par la misère ou les excès. Bien plus souvent encore elle n'a été suivie d'aucun accident cholérique, malgré l'incurie et l'insouciance des personnes qui en étaient atteintes. La majorité de la population a souffert de cette indisposition : 2860 ont eu le choléra. Ce chiffre trop élevé sans doute, mis à côté de celui des diarrhéïques, est dans une proportion si faible qu'il explique l'apathie et la sécurité de cette immensité d'indisposés qui se sont montrés rebelles aux conseils médicaux. Le plus souvent la diarrhée précédait le choléra de quelques jours, de 24 heures au moins, c'est un fait; je l'accepte et n'en veux nullement diminuer la valeur; pas plus que je n'entends contester qu'un certain nombre de personnes, peu préoccupées d'une indisposition qu'elles considéraient comme un accident de peu d'importance, ont payé de leur vie une négligence aveugle; mais un autre fait a été rendu aussi incontestable pour moi par les observations que j'ai pu faire : le dévoiement ne fut pas toujours le prodrome du choléra; il n'en fut parfois que le premier symptôme. Certaines diarrhées ne purent être enrayées quelques dociles que fussent les malades, quelques zélés et instruits que fussent les médecins. Il y a eu dans l'arrondissement, il y a conséquemment des diarrhées *fatales;* si j'en crois ce que j'ai remarqué et ce que j'ai pu apprécier sur moi-même, ce sont celles qui s'accompagnent de vertiges, de défaillance, de sueurs froides avant même qu'elles aient revêtu la coloration blanche.

J'ai vu à l'hôpital de Commercy, un militaire être atteint d'une dyssenterie qui paraissait s'améliorer après une quinzaine de jours; l'appétit revenait, les selles bien moins fréquentes avaient perdu leur cachet caractéristique lorsque, dans les premiers jours de septembre, nous reçûmes dans les salles un chasseur atteint d'un choléra qui se termina par la guérison : deux jours après cette réception, ce choléra si bénin pour l'importeur, produisait un effet désastreux sur ce dyssentérique chez lequel s'opéra un mélange de dyssenterie et de choléra qui marchèrent d'un pas égal vers la destruction de cette organisation. Mais tel n'était pas le cours ordinaire de la maladie lorsqu'elle venait en compliquer une autre : quand le choléra s'implantait sur une autre affection, en général il l'étouffait, il se substituait à elle et la forçait de se dissimuler plus ou moins complètement. Bien plus, l'apparition de l'épidémie seule, lors même qu'elle ne devait pas atteindre une grande proportion, suffisait pour empêcher les autres maladies de se développer et pour arrêter ou suspendre au moins la marche d'épidémies d'une nature différente. A Commercy, ainsi que dans quelques localités voisines, la rougeole commençait à régner quand le choléra apparut : elle n'attaqua personne pendant la durée de celui-ci qui cependant, dans notre ville, n'atteignit pas un haut degré d'intensité, puisqu'il n'enleva que le 90e de la population ; elle ne reprit son cours qu'au mois d'octobre ; elle se compliqua d'angine couenneuse, se mêla à une épidémie de scarlatine et produisit ainsi une mortalité assez élevée.

Le choléra dans son développement suivait une

une marche si irrégulière, qu'il eut été fort difficile de dire tout d'abord quelle en serait la terminaison dans tel cas particulier que ce fût et si peu menaçant qu'il parut devoir être. Quelques heures suffirent trop souvent pour transformer en choléra mortel une simple cholérine ou même une simple diarrhée. Chaque médecin de l'arrondissement a pu trouver mort un campagnard qui la veille ne se plaignait que d'une simple indisposition ou même d'un malaise général.

PROPAGATION DU CHOLÉRA.

En considérant la marche générale qu'a suivie le choléra dans l'arrondissement, on voit l'épidémie naître en juin, croître en juillet, arriver à son summum en août, décroître rapidement en septembre ; mais si l'on observe sa marche particulière dans chaque localité, on trouve ce terrible fléau capricieux, inégal et fort irrégulier dans son développement non-seulement comme maladie individuelle, mais encore comme épidémie. Partout et toujours sa loi principale a été de n'en suivre aucune. Son invasion est brusque dans certaines localités, graduée dans d'autres ; ici sa disparition se fait progressivement, là elle est subite.

A St.-Mihiel, à Sorcy, à Gondrecourt, à Goussaincourt, à Neuville-en-Verdunois, à Sauvoy, à Cousances, à Sampigny, son apparition est aussi brusque que sa disparition est instantanée.

Il frappe tout-à-coup et dès son début plusieurs

personnes à Viéville, à Maxey, à Vacon, à Abainville, à Willeroncourt, à Méligny-le-Grand, à Lérouville, à Ugny, à Sampigny, à St.-Joire, à Horville : dans les autres localités, il n'arrive au contraire à enlever plusieurs victimes en 24 heures qu'après plusieurs jours de durée.

Il disparaît tout d'un coup aux Vouthon, à Jonville, à Mauvages, à Dainville, à Nançois, à Chassey, à Xivray. Ailleurs, à la diminution du nombre des coups qu'il porte, on peut prévoir que les habitants ne tarderont pas à être libérés de ses attaques.

Dans quelques localités il n'apparaît pas du tout; dans celles où il se montre, sa durée est fort variable; parfois il ne fait qu'une seule victime; d'autres fois il exerce ses ravages pendant 8 jours, 15 jours, trois semaines, un mois, six semaines, deux mois ou plus, sans qu'il soit facile et possible peut-être de donner la cause réelle de cette inégalité. Ce n'est pas dans les communes qui ont perdu le 10e ou plus de leur population, qu'il a sévi le plus longtemps. Des 7 localités Vaucouleurs, St.-Mihiel, St-Maurice, Commercy, Vadonville, Bonnet, Méligny-le-Petit où le choléra a persisté plus de deux mois, Bonnet est la seule où la mortalité ait atteint une haute proportion, un peu plus que le 14e.

Cette durée a été de huit jours ou même moins à Montbras, à Bannoncourt, à Dompierre, à Brasseitte, à Heudicourt, à Villotte, à St.-Germain, à Corniéville, à Mécrin, à St.-Joire, à Lahaymeix, à Deuxnouds, à Creuë, à Kœur-la-Petite, à Tourailles, à Rosières et à Marvoisin (ce dernier décimé).

Elle a été de 15 jours environ à Brixey, à Sauvigny, à Sepvigny, à St.-Aubin, à Chauvoncourt, à Tréveray, à Nançois, à Rupt-devant-St.-Mihiel, à Delouze, à Sauvoy, à Ernecourt, à Cousances, à Burey-la-Côte, à Courouvre, à Méligny-le-Grand, à Domremy, à Ugny, à Sampigny, à Vaux-la-Grande, à Oëy et à Saulx.

Elle a été de trois semaines à Hattonchâtel, à Amanty, à Seuzey, à Goussaincourt, à Gironville, à Rigny-St.-Martin, à Taillancourt, à Dainville, à Neuville-en-Verdunois, à Willeroncourt, à Baudignécourt, à Villeroy, à Lérouville, à Gimécourt, aux Roises, à Horville, à Chassey, à Chennevières, à Montigny.

Elle a été d'un mois aux deux Vouthon, à Lacroix, à Jonville, à Vaudeville, à Sorcy, à Burey-en-Vaux, à Vacon, à Gondrecourt, à Mauvages, à Void, à Troussey, à Rigny-la-Salle, à Épiez, à Abainville, à Badonvilliers, à Luméville, à Demange, à Bovée, aux Paroches, à Houdelaincourt, à Gimécourt, à Buxières, à Chonville.

Elle a été de six semaines à Hattonville, à Ville-Issey, à Neuville-les-Vaucouleurs, à Maxey, à Ourches, à Billy, à Ranzières, à Jouy, à Vignot, à Laneuville-au-Rupt.

Elle a été de deux mois à Viéville et à Châlaines.

Ainsi, dans chacun de ces cadres que je viens d'établir se trouvent des communes qui ont été décimées et qui ont même été plus flagellées encore, des villages qui ont perdu un nombre moins considérable d'habitants et d'autres enfin qui n'en ont perdu que quelques-uns.

Dès longtemps on l'a remarqué ; la population d'un pays est en raison inverse de l'étendue des marais qu'il possède ; dans les climats marécageux, les épidémies sévissent avec plus de force et de tenacité qu'ailleurs ; enfin les exhalaisons pernicieuses des marais causent des fièvres, des cachexies et un dépérissement que ne produisent pas les émanations putrides animales qui s'accompagnent d'odeurs nauséabondes dont on s'effraie beaucoup plus et devant lesquelles on recule bien plus volontiers cependant.

Si j'ajoute à ces trois observations générales que les deux tiers des Européens qui meurent dans les pays chauds, succombent à cette influence à laquelle on attribue le développement du choléra en Asie, de la peste en Egypte, de la fièvre jaune en Amérique, on comprendra que l'esprit de l'homme a dû naturellement se porter vers ces études. Jusqu'alors les recherches les plus savantes, les plus minutieuses, les plus exactes n'ont pu découvrir la nature de ce miasme morbifique : elles ont appris seulement que la fréquence et la gravité des fièvres sont en rapport avec la quantité d'hydrogène sulfuré qui s'en exhale, d'un gaz qui, respiré isolément, ne donne lieu à aucun phénomène semblable à ceux qu'offrent les diverses affections produites par les effluves maraimatiques : elles ont donné en outre naissance à des hypothèses plus ou moins problématiques, destinées à expliquer l'inexplicable loi qui préside au développement et à la propagation de ces maladies. Bien que pour le choléra ces recherches n'aient pas été plus fructueuses, il n'en est pas moins intéressant de voir quelle action les exhalaisons marécageuses ont pu avoir dans l'arrondissement sur la propagation d'une maladie qu'enfantent les effluves maraimatiques qui s'élèvent sur les bords du Gange.

Pagny-sur-Meuse, placé sur le seul marais de quelqu'étendue qui existe dans l'arrondissement, enregistre 2 décès sur une population de 900 habitants. Neuville et Burey-en-Vaux, entre lesquels est situé un marais de moindre étendue, perdent, celui-ci le 20e de sa population ; le premier le 50e, cependant sa position moins élevée le soumet davantage à l'influence de ces émanations et il est bâti sur un terrain d'où sourdent, par les pluies, des eaux abondantes.

De tous les points situés près des étangs les plus considerables de l'arrondisst, Billy seul a eu des cholériques, mais en minime proportion : 16 décès sur 349 habitants. J'observe en outre que non-seulement le 1er cholérique sortait d'un lieu infecté, mais que plusieurs habitants sont venus successivement mourir à Billy du choléra dont ils avaient été prendre le germe dans l'Argonne où ils étaient allés pour aider les cultivateurs à rentrer leurs récoltes.

La Woëvre dont les terres argileuses retiennent si longtemps les eaux pluviales à leur surface et qui contient un assez grand nombre d'étangs de médiocre étendue, n'a vu le choléra que dans sa partie septentrionale près de l'arrondiss[t] de Verdun où le choléra sévissait avec violence. A mesure que l'on s'éloigne de ce point, le nombre des villages envahis et des personnes malades diminue sensiblement; de façon qu'on est disposé à attribuer la propagation du choléra dans cette contrée moins à l'influence des marais qu'à celle du foyer d'infection établi dans la partie méridionale de l'arrondissement de Verdun.

Ainsi, dans notre épidémie, le choléra a précisément respecté les populations que, d'après la théorie maraimatique, il eut dû atteindre de préférence.

J'ai dit plus haut quelle avait été la mortalité cholérique sur les divers terrains. Elle a dépassé 2 sur 3, excepté sur la bande constituée par les marnes à gryphées virgules où elle a été d'un peu plus de 1 sur 2. J'ajoute que de ces sept bandes, celle des marnes à astartes et celle du calcaire moyen ont le plus d'étendue et de largeur : toutes deux ont à peu près la même surface, sur toutes deux la proportion de la mortalité a été la même, un peu plus de 2 sur 3. Sur la bande calcaire où se trouvent réunis les principaux centres de population, le choléra s'est plus universellement répandu et a frappé plus de victimes ; sur l'autre, l'épidémie a suivi une marche inverse, au lieu de s'éparpiller, elle s'est concentrée au sud et dans quelques villages principalement, perdant de son intensité à mesure qu'elle arrivait vers le nord ; à tel point que le canton de Pierrefitte, qui est presque entièrement situé sur ce terrain, ne compte que 79 cholériques et 49 décès ; tandis qu'au sud, les villages qui s'étendent sur ce même terrain, Amanty, les Vouthon, Vaudeville, Horville, etc., ont été le plus maltraités.

Le choléra n'a pas suivi les cours d'eau, comme il l'a fait en certains lieux. Le bassin de la Meuse, il est vrai, compte un grand nombre de cholériques ; mais il a, dans l'arrondissement qu'il traverse dans toute sa longueur, une étendue qui est d'autant plus considérable que j'y ai compris les villages situés sur les affluents de cette rivière : les communes situées sur les bords mêmes de celle-ci et sur ceux de l'Ornain, n'ont pas fourni une mortalité proportionnelle plus forte qu'ailleurs. Issey et Sorcy seuls ont été décimés.

J'ai dit, au commencement de ce rapport, qu'autour du plateau d'Amanty, point le plus élevé du département, le choléra a sévi avec une grande violence, qu'il y a fait plus de victimes, qu'il y a ravagé plus cruellement un plus grand nombre de localités qu'ailleurs, se jouant ainsi de la loi qui lui assigne pour sièges de prédilection les cours d'eaux et les lieux bas et marécageux : il est vrai que nous n'avons pas de montagnes, mais des collines qui, ainsi que le reste de l'arrondissement, sont constituées par les terrains jurassiques ; mais on m'accordera que la non apparition du choléra dans les hautes montagnes, lors des épidémies précédentes, ne pouvait faire pressentir à l'avance le tableau désolant que devait offrir le point le plus élevé de l'arrondissement et du département. A la fin de juillet et au commencement d'août, les environs du plateau d'Amanty étaient décimés et les habitants étaient plongés dans la consternation et la désolation. On se fait une idée des sentiments qu'ils devaient éprouver quand on réfléchit qu'à ce moment Amanty, Abainville, Bonnet, Luméville, Dainville, Vaudeville, les Roises, Goussaincourt, Vouthon-Haut, Vouthon-Bas, Maxey perdaient le 10e et plus de leur population ; que les soins ne pouvaient être prodigués aux malades avec autant d'assiduité qu'ils le désiraient, parce que l'épidémie s'était propagée avec trop de rapidité, parce que la maladie marchait trop vite et surtout parce que les personnes qui se dévouaient et présidaient à leur traitement tombaient elles-mêmes malades ou mouraient : on comprend leur abattement quand on sait que, dans un village de 378 habitants, comme Vouthon-Haut, il est mort 27 personnes en neuf jours et que, pendant ce même laps de temps, plus de 100 habitants étaient malades ou indisposés ; quand on apprend qu'un médecin, envoyé à Amanty le deux août, vit 97 malades alités ; 58 de suette, 27 de cholérine et 12 de choléra et que, dans ce même village de 400 âmes, il mourut 11 personnes en un seul jour et 47 en onze jours.

On a prétendu que le choléra se propageait plus facilement en suivant les routes. Dans l'arrondissement il ne s'est pas astreint à cette règle. Du sud au nord, l'arrondissement est traversé par 3 routes principales : au centre est celle de Mézières à Neufchâteau qui le parcourt dans sa plus grande étendue ; à l'ouest est celle de Bar à Bâle ; à l'est celle de Verdun à Pont-à-Mousson. De l'est à l'ouest il l'est également par trois routes principales : au nord celle de Bar à Metz par St.-Mihiel ; au centre celle de Bar à Nancy, qui se bifurque à St.-Aubin pour aller rejoindre celle de Metz à Bouconville ; au sud celle d'Orléans à Nancy. Je néglige les chemins de vicinalité et les chemins ruraux : il suffit à mon but de montrer que, sur les routes où passent le plus de voyageurs, le choléra n'a pas pris plus d'extension qu'ailleurs.

Sur la route de Mézières à Neufchâteau, celle qui est la plus longue et maintenant la plus fréquentée de toutes, Goussaincourt et Maxey sont décimés, toutes les autres communes ont un nombre plus ou moins grand de cholériques à l'exception de Rouvrois et de Troyon qui n'ont pas de malades, bien que Lacroix placé entre eux en ait eu. J'observerai que Maxey et Goussaincourt se trouvaient sous l'influence de ce foyer d'infection qui s'est développé autour du plateau d'Amanty. A la vue de ce cercle tracé par l'épidémie, on est tout porté à en attribuer le développement, dans ces deux villages, moins à l'importation qui a pu se faire le long de la route, qu'à la cause inconnue qui a présidé à la formation de ce foyer.

Sur la route de Bâle, les Vouthon sont décimés, Abainville a un certain nombre de malades, les autres villages en ont quelques-uns, et, *à mesure que l'on s'éloigne du plateau d'Amanty, ils en ont moins.* Il est donc encore difficile ici d'attribuer le développement du choléra à l'importation qui s'opère plus facilement sur les routes où se trouvent plus de voyageurs.

Sur la route de Verdun à Pont-à-Mousson, aucun malade.

Sur celle de Bar à Metz par St.-Mihiel, est un nombre de malades restreint dont St.-Mihiel fait presque tous les frais. Parmi les autres localités, les unes n'ont point de cholériques, les autres ne donnent que 9 décès.

Sur celle de Bar à Metz par Commercy, cette dernière ville qui a perdu le quatre-vingt-dixième de sa population, fournit la majorité des décès; St.-Aubin compte 7 morts, Vignot 5, Gironville 3. Broussey et Rambucourt n'ont pas de malades cholériques.

Sur celle de Bar à Nancy, Ménil-la-Horgne qui a été décimé par le choléra en 1849, n'a pas un habitant atteint cette année : Pagny ne compte que 2 décès.

Sur celle d'Orléans à Nancy, se trouvent Bonnet qui perd plus du 13e de sa population, Houdelaincourt le 61e, Delouze le 70e, Rosières le 180e, Vaucouleurs, Châlaines et Rigny-St.-Martin.

Sur la ligne du chemin de fer, Sorcy est cruellement atteint. Je ferai observer que cette station est éloignée de ce bourg de 3 kilomètres. Vertuzey qui est situé au nord-est de la ligne à la même distance qne Sorcy, n'en a pas. Pagny n'en a pas. Trois villages entourent la station de Lérouville : Pont-sur-Meuse n'en compte pas, Lérouville et Vadonville n'en ont que quelques-uns. Trois villages sont à égale distance de la station de Loxéville : Ernecourt seul voit 15 cas de choléra. Triconville qui a été atteint en 1832 et Loxéville qui a été décimé en 1849 ne comptent pas un seul décès cholérique en 1854.

Enfin je remarquerai que les points de croisement de ces différentes routes, Vaucouleurs, Houdelaincourt, Void, Commercy, St.-Mihiel sont loin d'être les lieux où l'épidémie a sévi le plus cruellement.

Ces faits ne plaident pas en faveur de l'importation comme cause essentielle du développement de l'épidémie cholérique : on sera moins encore disposé à reconnaître à ce mode de transmission du mal une influence exclusive, si l'on n'oublie pas que des indispositions abdominales ont toujours annoncé et précédé l'épidémie, qu'il y ait eu spontanéité ou non dans son développement, et que, sur les 102 communes de l'arrondissement où des décès cholériques ont été constatés, 33 seulement ont vu leur premier malade venir de foyers d'infection ou avoir été en contact avec des personnes qui en sortaient. Dans les lieux où l'importation a été constatée et où l'épidémie n'a pas exercé de grands ravages, quelquefois les premiers malades se sont montrés dans des maisons assez éloignées l'une de l'autre et sans qu'ils aient eu aucune communication directe ou indirecte entr'eux.

Les faits qui se sont passés à Ville-Issey, à Sorcy et à Xivray-Marvoisin ne reçoivent pas de la théorie de l'importation une explication suffisante.

Ville-Issey est divisé en deux parties égales, éloignées de 500 mètres l'une de l'autre et situées sur les deux versants opposés d'un même coteau. A Issey, situé sur le versant qui regarde le sud, le choléra prélève 21 victimes; tandis que Ville, placé sur le versant exposé au nord, compte seulement 4 décès parmi lesquels se trouvent celui d'un enfant qui n'a pas été porté à Issey et celui d'un homme qui demeure à l'extrémité septentrionale de Ville, c'est-à-dire au point le plus éloigné du foyer d'infection. Cette immunité dont jouit Ville est d'autant plus remarquable que l'église, où la population n'a pas cessé de se rendre pour assister aux divers offices, est au centre du hameau infecté, que les cholériques ont été inhumés dans le cimetière qui entoure cet édifice et que des liens de famille et d'affection ont souvent forcé les habitants de la portion indemne d'aller dans la partie infectée donner des soins à leurs parents malades : malgré toutes ces causes de propagation, le choléra ne pénètre que fort peu à Ville : la suette y a régné et alité un grand nombre de malades.

Sorcy est divisé en deux portions inégales : la plus populeuse, 1,100 habitants, qui contient un plus grand nombre de personnes à l'aise, a été décimé; St.-Martin, 400 habitants, perd 10 victimes. En revanche la suette et la cholérine pénètrent dans presque toutes les maisons.

A Marvoisin, écart de Xivray, ne contenant que 80 à 90 habitants, je compte 9 cholériques et 8 morts. A Xivray on ne voit pas un seul cas de choléra. De ces trois communes, Marvoisin est la seule où la première personne malade ait été prendre le germe de la maladie dans un foyer d'infection.

On peut citer un assez grand nombre de personnes qui n'ont pas quitté le chevet du lit de leurs parents malades et qui sont restées à l'abri de l'épidémie.

Quand des cholériques, sortant de foyers infectés, revenaient dans des communes où l'on comptait déjà des malades atteints ou morts de cette affection ; le nouvel aliment apporté au foyer épidémique n'accrût pas toujours son intensité. Ceci s'observa principalement dans le canton de Vigneulles : un grand nombre d'ouvriers arrivaient de l'Argonne où régnait le choléra et d'où ils revenaient atteints de cette affection. Souvent ils furent les premiers malades de leurs communes et si, après leur mort ou leur guérison, d'autres personnes du village furent attaquées de la maladie, souvent aussi leur présence ne parut avoir aucune influence sur la marche de l'épidémie. Ce dernier fait eut lieu à Billy, mais surtout à Hattonchâtel. Il en fut de même dans d'autres points de l'arrondissement. A Vadonville, une femme vient de Mécrin, le 2 septembre, atteinte d'un choléra très-prononcé et meurt. Le 10 octobre, un employé du chemin de fer, un chauffeur, vient malade de Nancy, s'arrête et meurt à Vadonville. De nouveaux cas de cette maladie ne se déclarent pas malgré ces deux aliments apportés successivement au foyer épidémique. A Houdelaincourt, dans un moment où l'on avait déjà compté plusieurs décès cholériques, deux femmes étrangères viennent mourir du choléra à deux époques différentes, le 9 et le 13 août. L'épidémie n'en devient ni plus universelle, ni plus maligne. La mort d'un cholérique étranger ne paraît pas avoir eu plus d'influence sur l'épidémie de Lérouville. A St.-Joire, le choléra débute sur un enfant de 8 mois : le même jour une femme (Marie Libaire) qui avait été visiter les cholériques de Longeau, son pays natal, revient mourir du choléra dans cette commune, et, depuis ce décès, un enfant seul meurt de la même maladie.

Le décès de cholériques n'a pas toujours été suivi du développement de l'épidémie.

A Lahaymeix, une femme étrangère meurt du choléra chez son gendre, meûnier du village; pas un seul habitant n'est atteint de cette maladie. A Woimbey, trois personnes étrangères viennent successivement mourir du choléra qui respecte tous les habitants de ce village. Je ne vois qu'un décès cholérique à Mécrin, à Rosières-en-Blois, à Tourailles, à Kœur-la-Petite, à Chauvoncourt, à Montigny, à Creuë, à Deuxnouds; je ne parle pas des villages où l'on n'a constaté que deux ou trois morts. Enfin ce n'est pas dans la ligne occupée par les principaux centres de population que l'épidémie a pris plus de gravité et d'intensité, qu'elle a décimé plus de localités. Que devient alors la théorie de l'importation, qui d'ailleurs n'explique pas d'une manière satisfaisante la prompte diffusion du choléra à Commercy, à St.-Mihiel et l'extension si rapide de l'épidémie dans tout l'arrondissement au mois d'août. Et pourtant, d'un autre côté, les faits se pressent pour démontrer que le choléra a été transmissible. Dans les lieux où cette maladie s'est montrée, quel que fût d'ailleurs son mode de développement, qu'elle apparût spontanément ou par importation, très-souvent le 2e malade demeurait dans la maison du 1er ou dans la maison voisine et l'épidémie ne pénétrait plus loin qu'après s'être alimentée par un certain nombre de victimes. Dans beaucoup de communes le choléra attaqua de préférence certains quartiers et souvent il se propagea de proche en proche, ne respectant que quelques maisons dans cette partie de la localité.

Les 2860 personnes qui en furent attaquées dans l'arrondissement, appartenaient à 1716 familles, c'est-à-dire qu'en moyenne chaque famille atteinte a compté deux malades. Trop souvent on vit 3, 4 et 5 habitants d'une maison touchés successivement par ce cruel fléau. En n'ayant égard qu'aux familles qui ont été le plus largement flagellées, je trouve :

A Viéville, une famille qni perd 9 malades sur 14; une autre 8 sur 11; une autre 7 sur 10; une autre 4 sur 5; une autre 5 sur 7.

A Vouthon-Haut, une famille compte 7 malades, dont 4 meurent; une autre 5 malades, dont 4 meurent; une autre 9 malades, dont 4 morts; une autre 3 malades, 3 morts.

A Vaucouleurs, une famille a 3 malades qui meurent tous trois.

A Issey, une famille compte 2 décès sur 2 malades ; une autre 2 sur 3.

A Bonnet, deux familles perdent 4 membres sur 4 malades ; deux autres 5 sur 6.

A Commercy, une famille perd 1 malade sur 3 ; une autre 1 malade sur 2; une autre a 2 cholériques.

A St.-Mihiel, 4 familles perdent 2 membres sur 2 malades.

A St.-Maurice, une famille perd 4 malades sur 4 ; une autre 3 sur 4 ; 4 autres 3 sur 3.

A Ourches, une famille perd 4 malades sur 5 ; trois autres 3 sur 3.

A Maxey, une famille a 11 malades ; une autre 5 ; deux autres 4 ; trois autres 3.

A Sorcy, une famille perd 9 membres sur 10 ; une autre 8 sur 8 ; une autre 7 sur 9 ; trois autres 3 sur 6, 7 et 8 ; cinq autres 4 sur 6, 5 et 4, huit autres 3 sur 3 et 4.

A Burey-en-Vaux une famille a 7 malades ; une autre 5.

A Amanty, une famille perd 5 malades sur 7 ; trois autres 4 sur 6, 5 et 4; cinq autres 3 sur 3 et 4.

A Gondrecourt, une famille perd 5 membres sur 6 ; deux autres 3 sur 3 et 4.

A Goussaincourt, une famille a 11 malades ; une autre 7 ; une autre 6 ; deux autres 5 ; quatre autres 4 ; huit autres 3.

A Billy, une famille perd 4 malades sur 5 ; une autre 3 sur 3.

Aux Roises, une famille perd 4 malades sur 6 ; une autre 3 sur 3.

A Mauvages, une famille perd 5 malades sur 5 ; deux autres 3 sur 3 ; une autre 2 sur 4.

A Void, une famille perd 3 membres sur 4, une autre 3 sur 3.

A Troussey, une famille perd 3 malades sur 4 ; une autre 3 sur 3.

A Neuville-en-Verdunois, deux familles perdent 2 malades sur 4.

A Abainville, trois familles perdent 3 malades sur 3 et 4.

A Dainville, une famille perd 5 malades sur 5 ; deux autres 4 sur 4 ; une autre 3 sur 3.

A Ranzières, une famille perd 7 membres ; une autre 5 ; deux autres 4 ; une autre 3.

A Badonvilliers, une famille perd 5 malades sur 5 ; trois autres 3 sur 3 et 5.

A Demange, une famille perd 3 malades sur 3 ; une autre 4 sur 4.

A Jouy, une famille perd 3 malades sur 4 ; une autre 2 sur 5 ; une autre 2 sur 4.

A Luméville, une famille perd 3 malades sur 3 ; deux autres 2 sur 3.

A Nançois, une famille a perdu 3 malades sur 4 ; une autre 2 sur 4.

A Willeroncourt, une famille a perdu 4 malades sur 4 ; une autre 3 sur 3

A Tréveray, deux familles ont perdu 3 malades sur 4 ; quatre autres 2 sur 4.

On comprend d'ailleurs facilement que les conditions de localités, d'habitudes, de genre de vie, etc., étant les mêmes pour toute une famille, le choléra puisse en attaquer plusieurs membres. Toutefois on a remarqué que, plusieurs de ces conditions n'existant plus, la propagation dans la famille ne s'en faisait pas moins. Des parents de malades habitant une maison dont l'exposition était autre, qui avaient une alimentation différente, des habitudes de vie opposées, n'en devenaient pas moins malades eux-mêmes malgré la précaution qu'ils pouvaient prendre d'éviter toute communication avec les foyers d'infection. Ces faits sont significatifs, ils le seront encore plus si je mets près d'eux ceux qui se sont passés dans les hôpitaux de Commercy, de St.-Mihiel et dans la prison de cette dernière ville. A Commercy, après la réception d'un chasseur (le seul de notre garnison qui fut atteint du choléra) dans une salle du 1er étage où déjà avait été séquestré un dyssentérique, celui-ci qui était en voie de guérison, fut pris d'accidents cholériques mortels et l'infirmier, qui avait donné des soins à ces deux malades, paya de sa vie son religieux dévouement. Dans la prison de St.-Mihiel, sur 60 prisonniers, 33 ont la cholérine ou la diarrhée; 24 sont atteints du choléra qui en tue 19; bien que, 12 jours après l'apparition de l'épidémie, on ait eu la précaution d'en envoyer 20 soit à Clairvaux, soit dans leur domicile. En outre parmi les personnes demeurant dans l'intérieur de cet établissement, le gardien - chef meurt de cette affection qui touche aussi un guichetier, mais à un moindre degré. Dans les salles de l'hospice on reçut 50 indigents et sept chasseurs de la garnison atteints du choléra ; le chiffre que m'a donné M. Erard, médecin de ces salles, est même plus élevé que celui qui m'a été fourni par l'administration ; effectué au moment de l'algidité, ce transport ne pouvait que rendre plus difficile l'établissement de la réaction ; aussi le plus grand nombre de ces malades mouraient peu après leur admission. Six personnes qui demeuraient à l'hôpital furent attaquées et moururent de ce désolant fléau.

Enfin comment douter de cette transmissibilité devant la mortalité et la maladie qui ont si largement frappé sur les personnes dont le dévouement restait à la disposition des malades? Le jeune Levy succombe à Bonnet, victime de son zèle et de son ardeur à secourir les malades de Bonnet, de Luméville et de Chassey. Dans la maison qu'il occupait, la femme avait été enlevée en cinq heures et le fils de cette femme était également mort de cette maladie à l'âge de 18 ans. M. le curé de Vouthon meurt ainsi que 2 sœurs de charité, l'une à Amanty, l'autre à Vaucouleurs. La jeune fille Adèle Lagarde, qui a fait preuve d'une abnégation si absolue près des malades d'Amanty qu'elle ne quittait pas sans les voir rétablis ou sans les avoir ensevelis, a le même sort qui était également réservé à la sage-femme de Méligny-le-Grand. La mort devait être aussi la récompense de deux médecins, l'un de Beauzée, l'autre de Chaumont-sur-Aire, qui avaient donné des soins aux cholériques de Neuville-en-Verdunois et à ceux des communes environnantes dans l'arrondissement de Bar-le-Duc. Enfin, à Saint-Mihiel, le docteur Bonnaire devait être le dernier tribut prélevé par le choléra sur cette ville.

Parmi les personnes qui ont été le plus en rapport avec les cholériques, il en est fort peu qui n'aient été indisposées, qui n'aient éprouvé un embarras, une gêne épigastrique, de la courbature, etc.; d'autres furent forcées de s'aliter : tels sont, sans parler de moi, MM. Charrois, Remy, Larzillière, Denot, les médecins qui avaient été envoyés à Vouthon et à Demange, les sages-femmes de Dainville, MM. les curés de Hattonville et de Dainville, une sœur à Maxey, M. Ardoin, juge de paix de Gondrecourt, qui, en sa qualité de président du conseil d'hygiène de ce canton, crut de son devoir de visiter les malades, M. Bontemps, commissaire de police de Gondrecourt, etc.

On se ferait une fausse idée de la propagation du choléra si l'on pensait que la salubrité, le bon état des maisons et l'aisance générale de certaines communes suffisaient pour éloigner cette épidémie, ou que les conditions opposées activaient et favorisaient sa malignité et son développement. Epiez, canton de Vaucouleurs, est situé au fond d'une vallée étroite, ouverte au levant ; il n'a qu'une seule rue traversée par un ruisseau non encaissé; les habitations humides sont au niveau du sol et les habitants en sont peu aisés. Le choléra ne revêtit pas en ce village une forme grave : la mortalité y fut peu élevée ; 7 décès sur 259 habitants. Je compte 12 décès sur 586 habitants à Laneuville-au-Rupt, village mal bâti, resserré très-étroitement dans une petite vallée ouverte seulement à l'est où coule un ruisseau, affluent de la Meuse, et habité par une population généralement peu aisée. Ugny, dont les maisons sont mal construites, peu aérées, enfoncées et presque privées d'air, enregistre 5 décès. St.-Germain qui vit sous des conditions hygiéniques aussi défavorables, n'a à regretter que 3 victimes. Pagny-sur-Meuse dont les deux tiers de la population sont misérables et logés dans des habitations insalubres, n'a que 2 décès. Chonville, Corniéville, Mécrin, Brasseitte, etc., villages humides dont les maisons sont ordinairement mal aérées et dont les habitants jouissent généralement de peu d'aisance, ne comptent que de 1 à 4 décès. Saulx, traversé par un ruisseau non encaissé et où l'on ne voit que quelques maisons qui présentent des conditions hygiéniques favorables, perd cinq cholériques.

D'autres communes au contraire bien aérées,

bien ouvertes, bien situées, telles que Vouthon-Haut, Maxey, Sorcy, Sauvoy, Mauvages, etc., ont perdu le 10e ou plus de leur population.

Il est vrai que, dans cette épidémie, la plus grande partie des malades était composée de personnes que leur âge, leur mauvais état de santé ou leur misère avaient préparées à la mortalité cholérique en leur enlevant une grande partie de leur résistance vitale et que, dans les localités les plus favorisées sous le rapport hygiénique, il y a toujours quelques points moins avantageusement situés et des hommes moins heureusement favorisés par la fortune : il est encore vrai que, dans les bourg et villes de Void, Gondrecourt, Vaucouleurs, Commercy et St.-Mihiel où se trouve réuni un plus grand nombre de personnes jouissant sinon de fortune au moins d'aisance et sachant apprécier les commodités de la vie, où la propreté est plus générale, où les rues sont mieux ouvertes, plus larges et moins encombrées d'amas de substances susceptibles de décomposition, la mortalité a été loin d'atteindre la proportion qu'on l'a vue acquérir dans d'autres localités qui sont privées d'une partie de ces conditions au moins. Malgré ces trois aveux, à la vue de ce nombre assez grand de villages humides et mal bâtis de la Woëvre et des rares communes du reste de l'arrondissement qui n'ont pas eu *un seul cholérique*, on ne peut s'empêcher d'avouer que les circonstances de salubrité générale n'ont pas eu sur le développement de cette épidémie une influence aussi grande qu'on aurait pu le penser à priori.

L'indigence a exercé une action bien plus ostensible, bien moins contestable. La différence de proportion entre la mortalité de la classe aisée et celle de la classe indigente a été si universellement marquée, même en faisant la part de l'excès de population de cette dernière, qu'on serait tenté de substituer le nom vulgaire de trousse-misère à celui que le peuple a jadis donné au choléra pour désigner une des prédilections de l'épidémie. A Commercy, à Void, à Vaucouleurs, à Gondrecourt et à St.-Mihiel, les personnes à l'aise qui ont été atteintes du choléra sont rares et clair-semées, quelques-unes au plus. Dans la population rurale cette différence est moins sensible ; ce qui peut tenir au moins en partie à ce qu'à la campagne il y a plus qu'à la ville de similitude entre les habitudes de vie et l'alimentation du propriétaire et du prolétaire.

La vieillesse a fourni un contingent considérable à la maladie. Sur 2860 malades, je compte 1252 personnes âgées de 50 ans ou plus et 450 enfants. Il y a eu plus de femmes atteintes que d'hommes. Cette différence qui est de 210 n'est cependant pas assez forte pour qn'on puisse l'attribuer à ce que, donnant dans chaque maison des soins aux malades, un plus grand nombre d'elles s'est trouvé plus immédiatement et plus longtemps exposé à la transmissibilité du choléra. Cette différence s'amoindrit pour la mortalité, elle n'est plus que de 158.

Les habitants d'un village forment presque une famille qui a les mêmes habitudes de régime et de travail ; il s'établit entr'eux des relations continuelles et un échange quotidien de travaux et de secours réciproquement rendus. Le cultivateur laboure la terre de l'homme de peine ; le manouvrier aide le laboureur à rentrer ses récoltes ; mettant ainsi en action de toute éternité la fameuse caisse dont Proudhon crût avoir la première idée. Cette habitude que la nature de leurs travaux leur a fait contracter a développé cette tendance à s'entr'aider, à se rendre réciproquement service, qui forme un des traits caractéristiques des mœurs de nos campagnards : elle accroît cette sympathie que développent des relations dont la fréquence est en raison inverse de l'étendue et de la population des localités, ainsi que cette affectueuse compassion qu'ils ressentent pour les malheurs dont leurs compatriotes sont victimes. On comprend dès-lors leur émotion quand l'épidémie venait frapper un plus ou moins grand nombre de familles : on conçoit que la consternation et l'abattement aient pu être plus profonds que dans les grandes villes où les morts sont inconnus à la majorité des survivants. En attribuant à l'effroi le pouvoir d'accroître le danger de l'épidémie et le mal lui-même, on a d'ailleurs exagéré l'influence de ce sentiment. Un grand nombre d'individus que la peur n'avait point touchés ont été atteints et il ne serait pas difficile d'en citer qui, incessamment bourrelés par l'appréhension des accidents cholériques, n'ont pas vu cette crainte se réaliser. Si j'en juge par les faits qui se sont passés sous mes yeux, les peureux étaient atteints plus souvent de la suette que du choléra. Les soins qu'apportait d'abord l'administration à taire l'intensité et le développement de l'épidémie ne m'ont pas paru produire le résultat qu'on en attendait. Enfin s'il est plus facile d'expliquer que de nier cette frayeur incessante que faisait naître l'approche ou la présence du choléra, il est juste d'ajouter que les femmes ont toujours montré une abnégation entière et complète : quel que fût leur sentiment intime, quand le choléra pénétrait dans la maison, l'épouse, la mère et la sœur ne voyaient plus que le danger du mari, de l'enfant ou du frère et oubliaient entièrement le péril auquel les exposait leur dévouement.

L'aspect d'un village envahi ne ressemblait pas toujours à celui que peut offrir une grande ville où il existe constamment des cholériques tant que le fléau exerce ses ravages. Dans la majorité des communes la marche de l'épidémie fut intermittente, ses coups subits et rapides ; on restait parfois plusieurs jours sans voir de cholériques : puis tout-à-coup 3, 4 personnes ou plus tombaient malades et mouraient rapidement en un jour ou même moins. Dans d'autres plus rares le choléra frappait chaque jour jusqu'à ce qu'il eût prélevé son tribut : telle fut sa marche à Sorcy, à Amanty, à Gondrecourt, à Goussaincourt, à Mauvages, à Dainville et à Cousances.

TRAITEMENT DE LA SUETTE.

Dans la suette je me suis généralement bien trouvé d'éviter de provoquer ou d'entretenir une transpiration trop abondante par des stimulants, des couvertures épaisses, des moyens de calorification énergiques. Maintenir la diaphorèse dans des limites modérées est une indication qu'il est d'ailleurs toujours utile de chercher à remplir dans nos campagnes où les malades ont l'habitude de s'enfermer dans des alcôves ou derrière les rideaux du lit, de coucher sur des lits de plume, de se couvrir de nombreuses couvertures épaisses et d'un ou de plusieurs édredons. Après la sueur, je recourais aux boissons vineuses et aromatiques, j'engageais les malades à quitter le lit et à se promener ; je combattais la diarrhée et les vomissements par les astringents, les narcotiques. Dans l'apirexie et plus tard je conseillais les potages substantiels, les vins généreux, le café, les préparations toniques, ferrugineuses, anti-spasmodiques suivant les indications différentes qui se présentaient. Ces remèdes, il est vrai, agissaient moins en guérissant qu'en tonifiant l'organisme et en amoindrissant les douleurs. Quelques personnes se sont bien trouvées d'un changement momentané de résidence. Plusieurs confrères ont donné l'ipécacuanha. Le peu de succès qu'il m'a procuré dans les 3 ou 4 essais que j'ai d'abord tentés, ne m'a pas engagé à persister dans ce mode de médication : le Dr Dechilly, de Vaucouleurs, n'a pas été plus heureux que moi.

TRAITEMENT DU CHOLÉRA.

L'administration surveillant la marche du choléra avait pris toutes les mesures qui étaient à sa disposition pour lutter contre l'épidémie. Elle mit à profit les ressources que fournit l'hygiène ; elle organisa des conseils d'hygiène dans chaque canton pour présider à la distribution des secours et des soins à donner dans chaque commune ; elle chargea le commissaire de police de fournir chaque jour un bulletin sur la marche de l'épidémie dans les diverses localités ; elle donna parfois un 1er secours en argent pour venir en aide aux familles indigentes ; elle engagea les municipalités à voter des fonds pour satisfaire aux besoins des malheureux, impulsion qu'elles suivirent avec empressement ; enfin elle prescrivit, dans des instructions populaires, le genre de vie à suivre en temps d'épidémie. L'homme distingué qui présidait à cette époque à l'administration de notre arrondissement, ne négligea rien enfin pour tenter d'enrayer l'essor de cette cruelle épidémie : il fit plus ; bien qu'indisposé depuis quelque temps, il voulut payer de sa personne ; il alla lui-même à Hattonville organiser le service médical et un bureau de bienfaisance : plus tard, cédant plus à l'impulsion de son zèle qu'aux inspirations de la prudence, il se rendit à St.-Mihiel pour ouvrir la porte de la prison aux condamnés à des peines légères. Pourquoi devait-il, hélas ! payer de sa vie son amour pour le devoir et son généreux dévouement ?

En l'absence du spécifique d'une maladie dont la nature et la cause nous restent inconnues, le traitement du choléra *sidérant* ne peut se baser que sur la nature des indications ; on ne peut attaquer le mal dans sa source qui est ignorée; on ne peut combattre que les effets produits, que les phénomènes cholériques par des moyens qui ont une action reconnue sur nos organes. Malheureusement plusieurs causes font perdre à ces moyens leur efficacité. Les vomissements et la diarrhée ne permettent pas aux médicaments de séjourner assez de temps dans le tube gastro-intestinal pour que leur action puisse se développer. D'un autre côté des expériences ont prouvé d'une manière incontestable que, dans la période algide de la maladie, l'absorption intestinale est nulle ; les médicaments, quels ils soient, ne peuvent impressionner une nature inerte ; chaque praticien peut citer des exemples de la tolérance inouïe de l'estomac pour des médicaments très-actifs donnés à haute dose. Ce grand fait de non absorption intestinale chez les cholériques domine toutes les médications empiriques ou rationnelles. Pour qu'un aliment profite à l'organisation, il faut qu'il soit assimilé, il faut que ses principes passent dans le sang qui le charrie dans chaque organe ; il en est de même des médicaments : du moment où ceux-ci traversent l'intestin comme un tube privé de vie, du moment où ils ne pénètrent point dans l'économie, on ne peut plus compter sur leur action et le rôle du médecin doit se borner, dans cette période du moins, à employer les révulsifs, à combattre le refroidissement par une calorification artificielle, à donner à l'intérieur la glace et l'eau froide à petites doses pour diminuer les vomissements, à épier enfin le moment où la réaction commence à s'établir pour tâcher de la diriger et de la modérer.

Quelle que soit d'ailleurs la conviction du médecin, il est bien difficile de résister toujours au désir de tenter quelque chose pour lutter contre un mal aussi désolant que le choléra : chacun des médecins de l'arrondissement a essayé l'usage de quelques agents médicamenteux et a vu recourir à des moyens empiriques divers. Le résultat général de tous ces traitements si variés tend à démontrer que la réputation acquise par certains remèdes dépend bien plus de la localité où ils ont été employés que de leur efficacité réelle. Ceci est d'ailleurs facile à concevoir quand on songe à la marche inégale et capricieuse du choléra, ici très-grave, là presque bénin; dans tel lieu ne s'arrêtant qu'après avoir décimé la population, dans tel autre disparaissant après avoir enlevé quelques victimes.

Je ne m'occuperai que du résultat général qu'ont obtenu de divers moyens MM. Dechilly, Verdet, Manson, Grandjean, Guyot, Bryon, Nivelet, Lagrange, Dupont, Larzillière et Remy, et de celui que j'ai pu constater moi-même. Les moyens qui agissent comme modificateurs profonds de l'économie en même temps qu'ils réveillent la vitalité de la muqueuse intestinale et des cryptes muqueux, tels que le calomel, les purgatifs salins, l'ipécacuanha ont paru plutôt diminuer qu'aggraver les phénomènes de l'algidité : la vie, sous leur influence, parut parfois se ranimer un peu; mais le plus souvent la réaction ne dura point.

Les astringents et les narcotiques ont été assez fréquemment employés et n'ont pas toujours, ainsi qu'on les en accuse, précipité la maladie vers une terminaison funeste; mais s'ils n'ont pas paru hâter ce dénouement, ils ne l'ont pas non plus assez souvent empêché.

Les méthodes empiriques n'ont pas eu plus de succès, malgré le fanatisme de quelques zélés propagateurs. L'emploi de l'esprit de camphre, de la strychnine et de ses diverses préparations, celui de la liqueur de MM. les curés de Valenciennes et autres lieux ont bien pu être suivis de la guérison dans quelques cas isolés, mais le nombre de ces terminaisons n'est pas suffisant pour qu'un praticien consciencieux et réfléchi donne à tous ces divers remèdes une confiance entière, pour qu'il abandonne l'opinion qu'ont fait naître et qu'ont gravée en son esprit les expérimentations dont j'ai parlé ainsi que la connaissance de la tolérance exceptionnelle de l'estomac, pour des médicaments qui, pris à haute dose en toute autre circonstance, révoltent toujours cet organe. Quant à la strychnine, je l'ai donnée aux sept premiers malades de Ville-Issey; sur ces sept, cinq sont morts. Ces faits n'étaient pas de nature à m'encourager à persister dans cette voie. M. Dechilly n'a pas été plus heureux que moi. M. Larzillière a vu des essais tentés par deux de ses confrères ne pas donner de résultats plus satisfaisants. M. Guyot se félicite d'y avoir eu recours, et dit avoir ainsi obtenu des réactions favorables. J'observerai à ce sujet que dans le canton de Gondrecourt il y a eu des localités décimées et d'autres où l'épidémie a été relativement bénigne. L'essai a-t-il été tenté de préférence dans celles-ci?

La liqueur russe fut administrée on peut presque dire avec profusion par la sœur qui fut appelée à Chalaines pour donner les premiers soins aux malades. Le succès ne fut pas plus brillant que celui produit par tout autre remède, 20 décès sur 30 cholériques. Le Dr Dechilly constata ensuite un grand nombre d'affections intestinales rebelles et opiniâtres. Le moyen auquel on recourût de préférence dans cette commune fut-il cause de ce résultat ?

Les fumigations soufrées ont été employées surtout à Hattonville par les docteurs Bonnaire et Remy avec un succès qui s'est démenti entre les mains du docteur Dechilly. Du reste, le docteur Remy avoue que leur résultat le plus certain et le plus facile était l'établissement de la réaction, mais que le retour à la santé ne s'en suivait pas toujours, loin de là.

MOUVEMENT DE LA POPULATION

DANS L'ARRONDISSEMENT, DE 1851 A 1855.

La population est de 87,664 habitants.

En 1851 il est né 2057 enfants, 1065 du sexe masculin, 992 du sexe féminin.

Il est mort 1936 individus, 964 du sexe masculin, 972 du sexe féminin.

Ce qui donne 121 en faveur des naissances.

En 1852 il est né 1966 enfants, 1038 du sexe masculin, 928 du sexe féminin.

Il est mort 1674 individus, 793 du sexe masculin, 881 du sexe féminin.

Ce qui donne 292 en faveur des naissances.

En 1853 il est né 1506 enfants, 765 garçons, 741 filles.

Il est mort 1830 individus, 911 hommes, 919 femmes.

Ce qui donne une différence de 324 en faveur des décès.

En 1854 il est né 1636 enfants, 874 hommes, 762 femmes.

Il est mort 3655 individus, 1736 hommes, 1919 femmes.

Ce qui donne une différence de 2019 en faveur des décès.

La mortalité cholérique a été de 1905.

Ainsi cette année fournit un nombre de décès double de celui que donne la moyenne de la mortalité d'un an. En 4 mois le choléra a produit cet excédant. Dans les huit autres mois je compte autant de morts que dans 12 mois d'une année ordinaire.

Ce dernier résultat est dû aux ravages occasionés par des affections éruptives, rougeole, scarlatine, miliaire, et par des angines malignes et couenneuses qui ont enlevé un certain nombre de personnes dans les localités où le choléra n'avait pas paru et dans celles qui n'avaient eu à regretter que quelques victimes.

RÉSUMÉ.

Il ressort de ce travail que la seul loi générale à laquelle le choléra s'est astreint dans l'arrondissement, a été de n'en suivre aucune.

Vüe d'une manière générale, l'épidémie a ses périodes de progrès, d'état et de décroissance.

Dans chaque localité, au contraire, elle est inégale, capricieuse et irrégulière : sa durée est aussi variable et ne se mesure ni à sa gravité ni à la mortalité qu'elle a entraînée.

Les circonstances de salubrité générale n'ont pas eu sur son développement une efficacité aussi grande qu'on aurait pu le croire à priori.

Elle n'a pas sévi de préférence sur les populations que désignait la théorie maraimatique.

Loin de suivre principalement les cours d'eau et les lieux bas et humides, c'est autour du plateau d'Amanty, point le plus élevé de l'arrondissement, qu'elle s'est jetée avec le plus de fureur.

Elle n'a pas suivi les routes de préférence à tout autre lieu.

La nature des terrains ne paraît pas avoir eu d'action marquée sur son développement, toutefois les villages bâtis sur les argiles d'Oxford et de Bradford furent plus épargnés.

L'importation ne peut expliquer d'une manière satisfaisante tous les faits qui se sont passés et cependant le choléra est évidemment transmissible.

En moyenne chaque famille atteinte a compté deux malades.

Les vieillards, les valétudinaires et surtout les indigents ont fourni un contingent considérable à l'épidémie.

Dans la majorité des communes la marche de l'épidémie fut intermittente, ses coups rapides et subits.

Bien que les observations météorologiques consignées ici ne puissent fournir qu'une donnée approximative, puisqu'elles ont été faites à Bar et non dans l'arrondissement, elles suffisent pour établir que ces faits n'ont eu aucune influence sur la marche du choléra dans chaque localité; mais qu'il s'établît une coïncidence fort remarquable, sinon plus, entre la cessation de l'épidémie et la permanence de la pureté du ciel et des vents d'est.

La diarrhée n'a pas toujours été le *prodrome* du choléra.

Elle n'en fut parfois que le *premier symptôme*.

NOMS des CANTONS.	TERRAINS.	POPULATION.	DATE de l'invasion de l'épidémie.	DATE de la fin de l'épidémie.	CAS CONSTATÉS. Hommes.	Femmes.	Enfants.	Total.	Nombre de familles atteintes.	Malades de 50 ans et plus.	DÉCÈS. Hommes.	Femmes.	Enfants.	Total.	GUÉRIS.	Minima de la durée de la maladie.	Maxima de la durée de la maladie.
																Jours.	Jours.
…MERCY....	Calcaire moyen. Oolithe ferrug. Argile d'Oxford. Marne et calc. à ast. Alluv.	15837	14 juillet	25 octobre.	118	165	58	341	229	148	78	107	35	220	121	112	11
…DRECOURT.	Marne et calcaire à astartes. Marne à gryphées virgules. Calcaire sup[r].	11668	29 juin.	25 septembre	341	366	152	859	551	339	221	243	103	567	292	172	19
…REFITTE ..	Marne et calcaire à astartes. Marne à gryphées virgules	9669	1er août.	25 octobre.	32	38	9	79	37	37	22	22	5	49	30	112	11
…-MIHIEL...	Calcaire moyen. Argile d'Oxford. Calcaire à astartes. Alluvions.	15922	17 juillet	8 novembre.	119	118	28	265	186	145	95	89	23	207	58	112	39
…COULEURS.	Calcaire moyen. Argile d'Oxford. Marne et calc. à astartes. Alluvions.	10976	4 juillet	15 octobre.	176	225	79	480	270	210	108	157	55	320	160	112	15
…NEULLES...	Argile d'Oxford. Calcaire moyen. Alluvions.	12412	23 mai.	1er octobre.	130	169	58	357	189	165	88	110	37	235	122	112	19
…O.......	Calca. moyen. Marne et calc. à astartes. marne à gryphées virgules. Alluv.	11181	19 juillet	28 décembre	194	239	46	479	254	208	117	159	31	307	172	112	10
…ONDISS[t]...	....	87664	23 mai.	28 décembre	1110	1320	430	2860	1716	1252	729	887	289	1905	955	112	39

www.ingramcontent.com/pod-product-compliance
Lightning Source LLC
Chambersburg PA
CBHW060442260626
47161CB00005B/2034

* 9 7 8 2 0 1 3 0 1 3 3 3 8 *